学校に行かない僕の学校

尾崎英子
Eiko Ozaki

ポプラ社

学校に行かない僕の学校

目次

装丁 ———— bookwall
装画・挿絵 —— くりたゆき

プロローグ

なんで、今日なんだろうな。

表彰式《ひょうしょうしき》の帰りの車の中で、僕《ぼく》がつぶやいたのを聞いて、「えっ、なにが？」と母に訊《き》かれたが、べつにと答えた。

時間とともに記憶《きおく》は薄《うす》れるものだ。僕《ぼく》でさえ、あの頃《ころ》のすべてが色あせていきつつある。

自宅《じたく》に帰るやいなや着なれないスーツを脱《ぬ》ぎ捨《す》てて、いつものトレーナーとハーフパンツに着替《きが》えると、途中《とちゅう》で花屋に寄《よ》ってもらって買った、九本のオレンジのバラの束を持って家を出る。

自転車のサドルにまたがってペダルを踏《ふ》み込《こ》んだ。放っておいてもスピードが出るゆるやかな下り坂を、立ち漕《こ》ぎしてさらに加速する。外に出ると、日差しが容赦《ようしゃ》ない。思っている以上に、夏が本気を出しはじめていた。

河川敷《かせんしき》の緑が見えてくる。少し奥《おく》まったところに自転車を停《と》めて、土手の階段《かいだん》を上がる。

川だ。

当たり前だけど、そこには川があった。

家から自転車で五分もしないところにあるのに、こうしてたやすくたどり着いたのに、同じ世界線にあったんだな、としみじみと驚《おどろ》く。セアのことがあってから、避《さ》けるようにしていたから、そうか、五年ぶり。

五年前の今日、セアはこの世を去った。

セアが隣《となり》の家にやってきた時のことは、はっきりと覚えている。僕《ぼく》が二年生に上がる前の春休みだ。セアは一つ下で、小学校に入学するタイミングで引《ひ》っ越《こ》してきた。

セアはじっとしていることがなくて、いつも動き回っていた。休みの日になると朝早くにピンポーンと鳴る。暖《あたた》かい時期だと、靴《くつ》も履《は》かずに裸足《はだし》のままうちにやってくる。それを僕《ぼく》の母に咎《とが》められると、河川敷《かせんしき》で拾ってきたという太めの木の枝《えだ》をうちの家の玄関《げんかん》からセアの家の玄関《げんかん》までつなげるようにした。そこなら裸足《はだし》で歩いてもいいというルールを勝手に作って嬉《うれ》しがった。僕《ぼく》らはそれを橋と呼《よ》んで、木の枝《えだ》から落ちたら地獄《じごく》という遊びを、今思えばなにが楽しかったのかというくらいはしゃいだ。

そこに川があるのだと本気で思い込《こ》んで、必死になった。落ちたら、おしまいだと心から信じていた。

重苦しい液体《えきたい》が胃《い》に流れ落ちるような感覚になりそうになったから、川のきらめきに目をすがめた。水に反射《はんしゃ》する光は、いろんな感情《かんじょう》を浄化《じょうか》してくれると知っている。この川も、「あの森」につながっているんだ。そう思ったら、体の芯《しん》がふわっと軽くなった。

あの場所の光や匂《にお》いが脳裏《のうり》によみがえると、まるで太陽の光源《こうげん》が広がったように、目の前の景色がくっきりと輝《かがや》きを増《ま》した。

やっぱりあの日々《ひび》が、僕《ぼく》の希望だ。

「あら、きれいなバラね」

いきなり声がして驚《おどろ》くと、小柄《こがら》なおばあさんがそばにいた。スキーでもするような杖《つえ》を両手に持っている。河川敷《かせんしき》ではこういう道具を持って大股《おおまた》で歩いている人をよく見かける。

「プレゼントかしら、いいわね」

そう言うとおばあさんは、杖《つえ》を持った両手を頬《ほお》に当てるような仕草をして、スタスタと行ってしまう。色っぽいことだと勘違《かんちが》いされたのだろうか。小さくふきだしたら、少し肩《かた》の力が抜《ぬ》けた。

十四歳《さい》　夏

僕《ぼく》の明日は、ぼんやりしている。

見上げた空は、淡《あわ》い青だ。煙《けむ》ったような白をまとった薄《うす》い青空ですら、いまの僕《ぼく》の目には少し痛《いた》い。

「じゃ、帰るけど」

母の声で、僕《ぼく》は前を向く。忘《わす》れたものがないかを確認《かくにん》し、母は両手を上にのばして車のトランクのドアを下ろした。パンッという乾《かわ》いた音が響《ひび》く。

「うん」

「なにかあったら電話して。寂《さび》しくなったら帰ってくればいいんだし。なんだったら毎週末帰ってくればいいわ。バスでも電車でも行き方を教えたでしょう。まあ、言ってくれたらいつでも迎《むか》えに行くから」

「大丈夫《だいじょうぶ》だって」

放っておいたらずっとしゃべり続けそうだったから、僕《ぼく》は笑って軽く流した。母も微笑《ほほえ》んでみせるが、どこか心配そうだ。

じりじりとした気分で、僕《ぼく》は地面の砂利《じゃり》をつま先で軽く蹴《け》った。

「行くわね」

母は心を決めたように、一つうなずくと運転席へと回った。近くの木で鳥が羽ばたく音がする。甲高《かんだか》い声も響《ひび》いた。運転席についた母がナビを設定《せってい》している間、僕《ぼく》はなんとなく空を見上げる。

きれいに晴れてくれた。自分はともかく、母にとって、息子《むすこ》の新生活がはじまる今日がいい天気でよかった。

エンジンが鳴り、おもむろに車が発進する。運転席の窓《まど》に向かって手を振《ふ》ってみたが、光がまぶしくて母の顔はもう見えなかった。

いなくなってしまうと、ほんの少し寂《さび》しいような気がした。でも十歩ほど歩いていくと、解放《かいほう》された気分が湧《わ》き上がってくる。

今日から一人だ。いや、正確《せいかく》には一人じゃない。親から離《はな》れて、寮《りょう》生活がはじまる。

本当にできるのか？　実感がないまま、建物に続く道に向かった。これまでに見学に来ているので、初めての場所ではないものの、母親がいなくなると少し不安になってくる。気をつけないと滑《すべ》ってしまいそうなほど急な坂を下りるにつれて、川の流れる音が大きくなる。ここが東京だと聞いて、最初は驚《おどろ》いた。川は狭《せま》くて、流れはせわしない。うるさいくらいなのに、うるさいと感じないのは、どうしてだろう。寮《りょう》のすぐ横は渓谷《けいこく》になっている。下流になると、僕《ぼく》が住んでいた家のそばを流れる多摩川《たまがわ》に合流するらしい。

寮《りょう》の玄関先《げんかんさき》に立って、僕《ぼく》はその建物を見上げる。三階建てのそれを初めて見た時、昭和感がすごい、と思った。黒の瓦屋根《かわらやね》にところどころ古い木板で飾《かざ》られた外壁《がいへき》。紅葉《もみじ》のような窓《まど》ガラスの模様《もよう》もレトロだ。古いホテルみたいだと思ったが、ここがフリースクールになる以前は、民宿だったと知って納得《なっとく》した。

そんなことを考えていると、正面の戸が開いたので、びっくりする。ここの先生である岡村《おかむら》まどさん、通称《つうしょう》まど兄も、開けたら僕《ぼく》がいたものだから、おおっ、と驚《おどろ》いたようにのけぞった。

「なにやってんや。入らんのか」

「今、入ろうとしたところ」

「母ちゃん、お帰りになったんか」

まど兄は首にひっかけたタオルで顔を拭《ふ》きながら、僕《ぼく》に訊《き》いた。黒のTシャツにハーフパンツで、先生らしからぬ恰好《かっこう》だけど、ここではみんなこんな感じだ。

「はい」

「泣かんかったか」

笑いだすのをこらえるような顔で訊《き》かれ、思わずむっとする。関西弁《かんさいべん》のせいか、からかわれているような気がした。いや、気のせいではなくからかわれているのだろう。

「泣くわけないですよ」

「そやな。泣かれんかったか？」

「ないです」

そっか、とまど兄は顔をくしゃっと縮《ちぢ》めるようにして笑う。何歳《さい》なのかは知らないけれど、自分の親ほどの年齢《ねんれい》まではいってなさそうだった。笑うたびに目尻《めじり》や頰《ほお》に皺《しわ》が寄《よ》る顔はどことなく子どもみたいだと思う。

「荷物の片付《かたづ》けもあるやろう。すませてきたらどうや。終わったら下りてきて、夕飯の準備《じゅんび》を手伝ってや……あっ、あっちも来たか」

まど兄が、なにかに気づいたように坂の上のほうを見る。

「来たって?」

「薫《かおる》と、もう一人おるんや、新入りが。同級生やで。久《ひさ》しぶりの女子やな」

坂を下りてきたのは、短パンに青いTシャツ姿《すがた》の髪《かみ》の短い子だった。女子と聞いていなかったら、男子だと思ったかもしれない。父親らしき人もいた。まど兄がそちらに駆《か》けていくのと入れ違《ちが》いに、僕《ぼく》は逃《に》げ込《こ》むように寮《りょう》の中に入った。民宿の面影《おもかげ》を残した土間《どま》になった広い玄関《げんかん》の端《はし》っこでスニーカーを脱《ぬ》ぎ、なんとなく忍《しの》び足《あし》で階段《かいだん》を上がった。

今日から、どんな生活がはじまるのだろう。これまでは親から離《はな》れるということが一つのミッションだったけれど、母親がいなくなった今、寮《りょう》生活になじむ、という新しいミッションに更新《こうしん》された。

ここ『東京村ツリースクール』に入りたいと言ったのは、僕《ぼく》自身だった。おそらく母は、どうしてここなのか、という気持ちでいるのだろう。たくさんあるフリースクールの中で、どうしてここなのか? 何度も何度も訊《き》かれた。「なんとなく良さそう」とか「自然があるほうがいい」とか、その時によって思いつくまま答えた。本当のところ、自分でもわかっていない。

わかっているのかもしれないけれど、うまく説明できなかった。そんな状況《じょうきょう》で、この全寮制《ぜんりょうせい》のフリースクールに移《うつ》ることをよく許《ゆる》してくれたと思う。おそらくどんな場所であれ、家に引きこもられているよりもましだと思ったのだろう。

二階は男子部屋と呼《よ》ばれていて、その名のとおり、男子専用《せんよう》の居室《きょしつ》だ。といっても、いまは誰《だれ》もいなかった。みんな森に出かけているらしい。

一人きりなのをいいことに、ベッドにダイブした。シーツのあっさりとした洗剤《せんざい》の匂《にお》いを嗅《か》ぎながら、僕《ぼく》は部屋を見渡《みわた》す。

区切りのない広間には二段《だん》ベッドが四台と、その奥《おく》に大きめの座卓《ざたく》、壁際《かべぎわ》にロッカーが設置《せっち》されている。ドアに近いベッドの下の段《だん》が、僕《ぼく》に割《わ》り振《ふ》られた。今晩《こんばん》から、ここで寝《ね》るのか。上の段《だん》の底をながめる。やっぱり実感ないや。

ぼんやりしていると、階段《かいだん》を誰《だれ》かが三階に上がっていく音がした。大人たちの話し声。さっきちらっと見えた同級生の家族が案内されているのだろう。三階は女子部屋だと聞いている。

しばらくすると、今度は階段《かいだん》を下りてくる音がした。二階を通り過《す》ぎていったかと思うと、一人だけ階段《かいだん》を駆《か》け上がってくる足音がして、誰《だれ》かがドアをノックした。

「氷川薫《ひかわかおる》くん、いる？」

「あっはい！」

いきなり名前を呼《よ》ばれて、僕《ぼく》は飛びはねるようにして起きた。ドアが開く。

「ここにいたか」

こちらをのぞきこむようにして顔を見せたのは、ここの校長である、毎田美和子《まいだみわこ》さんだった。校長といっても、誰《だれ》かのお母さんみたいな雰囲気《ふんいき》で、給食当番のかっぽう着みたいなものを着ていて、ここの生徒のみんなから「まいまい」と呼《よ》ばれている。

「ちょっといい？」

「はい」

「同じく今日からここのメンバーになる子を紹介《しょうかい》したいのよ」

そういうことか。ああ、はい、とまいまいのほうへ歩《あゆ》み寄《よ》る。

「僕《ぼく》と同じ、中二って子？」

まいまいについて階段《かいだん》を下りながら、僕《ぼく》は訊《き》いた。

「あら、知ってるんだ？」

「さっき、まど兄が」

「そうなのよ。もしかして、もう会った？」

「ううん、一瞬《いっしゅん》だけ見えた」

「会ってはいないってことね」

まいまいは一階に下りたところで左右を見回した。見当たらなかったようで、ゴムサンダルを履《は》いて外へ出ていく。

「おーい、瑠璃《るり》さん！」

スタスタと行ってしまうまいまいを追いかけるように、僕《ぼく》も自分のスニーカーを履《は》いて出る。やっぱり、さっきの子だった。外に造《つく》られた屋根のあるテーブルのところで、父親らしき人といた。

ルリ、っていうのか。

「今日からここで暮《く》らす同級生、氷川薫《ひかわかおる》くん。薫《かおる》、こちらは瑠璃《るり》」

まいまいに紹介《しょうかい》されて、一瞬《いっしゅん》だけ顔を見合わせた。おたがいに小さな動きでお辞儀《じぎ》のようなものをする。

「薫《かおる》くん、どうぞよろしく」

父親らしき人はこちらに微笑《ほほえ》みかけてから、「ほら、瑠璃《るり》も、自己紹介《じこしょうかい》とか」と娘《むすめ》を促《うなが》した。

「自己紹介《じこしょうかい》って、なにを？」

低めのかすれた声だった。その声と見た目が一致《いっち》する。大きくはない黒目がちな目が短い髪《かみ》に合っていて、やっぱり近くで見ても男子のように見えなくもなかった。

「好きな食べ物とか？　趣味《しゅみ》とか？」

そう言った父親の言葉に、その子は不服そうに眉間《みけん》に皺《しわ》を寄《よ》せた。

「イズミです」

「えっ？」

僕《ぼく》が聞き返すと、

「イズミ、です」

聞き取れなかったと思われたのか、二語に分けて言われた。なにがイズミなのかがわからないでいると、「出水瑠璃《いずみるり》です、だろう」と、その父親が通訳《つうやく》するように言った。苗字《みょうじ》を名乗られたのか。瑠璃《るり》というかイズミは、はいはいはいはい、とうざそうに連呼《れんこ》した。

「もうさ、帰っていいってば」

「なんでそう煙《けむ》たがるかな」

「いるとやりにくい」

その言葉を聞いて、ひどいもんだ、とイズミの父親は苦笑した。

「んじゃ、ママに電話するんだぞ」

「わかったってば」

親子って似《に》たような会話をするんだな。ついさっき自分も母親に似《に》たようなそっけない態度《たいど》をしたくせに、どちらかというとイズミの父親に同情《どうじょう》したくなる。

「もうお帰りですか。じゃあ、書類をお渡《わた》ししないと」

イズミたちの会話を聞いて、まいまいは言った。

「そうでしたね」

建物の中へと入っていくまいまいについて、イズミの父親も行ってしまう。

僕《ぼく》とイズミだけがその場に残された。生温《なまぬる》い風を感じて、僕《ぼく》は所在《しょざい》なく額《ひたい》を手で拭《ぬぐ》う。

イズミはズボンのポケットからスマホを取り出して操作《そうさ》しはじめた。自分もスマホを出そうと思ったが、リュックの中に入れたままだと思い出した。っていうか、ここでは決められた時間以外はスマホが禁止《きんし》されているんじゃなかったっけ。まあ、そんなことをわざわざ注意するわけもなく、心の中で思う。相手はスマホを見はじめてたし、もう部屋に戻《もど》りたい。でもなにも言わずに離《はな》れるのも感じが悪いし、どうしていいのかわからず、視線《しせん》を落とした。スニーカーの先で、地面の砂利《じゃり》を軽く蹴《け》る。

その時、視界《しかい》の端《はし》っこでなにかが動き、そちらに目を向けた。

「おっ、カナヘビ」

思わず声にして叫《さけ》んでしまった。薄茶色《うすちゃいろ》の細長い動物が短い手足を動かして地面を這《は》っていく。カナヘビってうちの近所だとたまにしか見かけない。自然豊《ゆた》かなここだと、素知《そし》らぬ顔してカナヘビが道を這《は》うのか。ちょっと興奮気味《こうふんきみ》に、僕《ぼく》は腰《こし》を落として静かにそれに近づいた。

「ヘビ？」

イズミも興味《きょうみ》を引かれたのか、食いつくように言った。

「ヘビじゃなくて、カナヘビ」

「ふうん」

身をかがめるようにしてカナヘビのほうを見ている。

僕《ぼく》はそっとカナヘビに近づいた。警戒心《けいかいしん》の強い動物だ。すばしっこいし、網《あみ》がなければ捕獲《ほかく》なんて無理だろう。そう思いながらも一《いち》か八《ばち》かで、勢《いきお》いよく両手で捕《つか》まえようとしたが、やはり素早《すばや》く逃《に》げられてしまい、それは茂《しげ》みの中へと消えた。

小さく笑ったような鼻息が隣《となり》から聞こえて、恥《は》ずかしさで汗《あせ》が噴《ふ》きだした。

「虫取り網《あみ》があれば余裕《よゆう》で捕《つか》まえられるんだけど……それと、カナヘビは、ヘビってつくけど、ヘビじゃないから」

バカにされたくなくて、僕《ぼく》はとりあえず知識《ちしき》を披露《ひろう》する。

「トカゲ？」

「とも、違《ちが》うんだけど、まあ、仲間。カナヘビもトカゲも、爬《は》虫類《ちゅうるい》の有鱗目《ゆうりんもく》のトカゲ類だから」

まっとうな説明をしたのに、イズミはなぜかまたしても鼻で笑った。なんだよ、こいつ。感じ悪っ。

「女子って虫とか爬虫類《はちゅうるい》とか、異常《いじょう》に嫌《きら》うよな」

癪《しゃく》に障《さわ》ったので嫌《いや》みっぽくそう言うと、今度はイズミの表情《ひょうじょう》がむっとした。そしておもむろに左右を見渡《みわた》し、なにかを見つけたように動きだしたと思ったら、植《う》え込《こ》みから飛び出しているヒメジョオンに止まっていたシジミチョウに指先をのばした。その灰色《はいいろ》の小さな蝶《ちょう》の羽をためらいもなくつまんで、イズミはこちらに戻《もど》ってきた。

そして見せつけるようにし、こちらの顔の近くに蝶《ちょう》をつまんだ指を近づけると、パッと指を開く。鼻先で蝶《ちょう》が舞《ま》い上がり、僕《ぼく》は思わずのけぞった。その様子を見て、イズミは意地悪さをにじませて笑った。

「なにするんだよ」

「勝手に決めつけるから。べつに、虫とか嫌《きら》いとかないし」

イズミはそう言って鱗粉《りんぷん》のついた指先をはたくようにすると、身をひるがえして建物の中へ入っていった。

＊

いったん部屋に戻《もど》ったが、すぐにまいまいに呼《よ》ばれて一階に下りると、イズミもいた。

「二人とも見学に来ているけど、もう一度説明しておくね。一階は共同のスペース。この大広間ではみんなで食事をしたり、くつろいだり。アップライトのピアノがあるでしょう。自由に弾《ひ》いていいからね。毎週水曜日の夜ごはんの後、まど兄のジャズタイムがあるわ」

「まど兄のジャズタイム？」

僕《ぼく》が思わず聞き返すと、うまいのよ、とまいまいは眉《まゆ》を上げた。

「それで、向こうの和室は勉強部屋と呼《よ》んでいて、自習したり、わからないところを教えてもらったりする場所になっているの。学習机《づくえ》は共有だから、その時に空《あ》いているところを使って。壁際《かべぎわ》の棚《たな》の、自分の名前の書かれたところにはテキストや筆記用具なんかを置けるようになっているから、勉強を終えたらそっちにしまうように。こっちは、台所ね。どこになにがあるかは、使う時に説明するわね。じゃあ、こっちに来て」

と、廊下《ろうか》の向こう側へと移動《いどう》する。

「ここがトイレ。男子用と女子用、それぞれ一つずつ。その隣《となり》の細長いこの部屋は洗濯室《せんたくしつ》。奥《おく》のドアから洗濯物《せんたくもの》を干《ほ》すデッキに出られるようになっているの。そして一番奥《おく》が脱衣所《だついじょ》と浴室。お風呂《ふろ》はグループに分けられているからね。中二と小五が同じグループ。中一と小六が同じグループ。イズミは中三の音夢《ねむ》と一緒《いっしょ》に。順番は決まっていないはずなんだけど、なんとなく決まっていて、最初が中一たち、その次が中二たち、最後が女子って感じみたい。入る時にはドアに吊《つ》るされたこの札《ふだ》を『入浴中』にして、鍵《かぎ》は必ずかけるように。ここまでで、なにか質問《しつもん》ある？」

そう訊《き》かれたが、僕《ぼく》もイズミも黙《だま》ったままだった。一度にいろいろ聞いたから、なにがわからないのかもわからない。その時、玄関《げんかん》が騒々《そうぞう》しくなったと思ったら、森に出かけていた生徒たちが戻《もど》ってきて、新入りの僕《ぼく》とイズミを見つけるやいなや、いっせいに駆《か》け寄《よ》ってきた。名前は、何年生、どこから来たの、と矢継《やつ》ぎ早《ばや》に質問《しつもん》されるも、いったい誰《だれ》になにを訊《き》かれているのかわからないくらいうるさい。小五から中三までがいるスクールと聞いていたが、もっと小さい子のように落ち着きのない子もいる。

まいまいとまど兄とは見学の時に話していたので少し慣《な》れていたが、生徒とはほとんど話をしていない。まいまいに、子どもたちと話してみないかと言われたけど、その時はここにするかどうかまだ迷《まよ》っていたので、僕《ぼく》が断《ことわ》ったのだ。今日からこいつらと暮《く》らすのかと思って戸惑《とまど》っていると、こらこら、とまいまいがみんなを制《せい》した。

「もう、いつも言っているでしょう。いきなり質問攻《しつもんぜ》めにしても困《こま》るから！　それよりも手洗《てあら》いしてない子はして、服が汚《よご》れてる子は着替《きが》えて。やることをやって、夕飯の準備《じゅんび》しないとご飯にありつけないよ！」

まいまいが大声で言うと、団子《だんご》のように集まっていたのがばらけて、僕《ぼく》はほっとした。隣《となり》でイズミも同じように、いかにも安堵《あんど》したようにため息をついた。

「カオスでびびったでしょう」

頭にバンダナをつけた男の子……いや、男の人が目の前に現《あらわ》れた。次から次へと新キャラが登場するので忙《いそが》しい。

「えっ……まあ」

僕《ぼく》はあわててうなずいた。

「萬代《ばんだい》っていいます。みんな、ばんちゃんとか、ばん、とか適当《てきとう》に呼《よ》んでるかな」

「ばんちゃん……はい」

おうむ返しで言ってみたら、ばんちゃんは嬉《うれ》しそうに二度うなずいた。背《せ》が僕《ぼく》より少し高いくらいで小柄《こがら》なせいか、ぱっと見で高校生くらいかと思ったが、よく見るとけっこう大人だった。ここの大人たちは服装《ふくそう》もラフなのもあって、年齢不詳《ねんれいふしょう》。

「ばんちゃんは、食事係のリーダーだよ」

いきなり横から入《はい》り込《こ》んできた眼鏡《めがね》の男子が言った。

「お前も中二だもんな。よかったな、同級生ができて」

「そうだよ、あっ、申《もう》し遅《おく》れました、銀河《ぎんが》って言います。杜田銀河《とだぎんが》。きみは氷川薫《ひかわかおる》だろ、で、そっちが出水瑠璃《いずみるり》。俺《おれ》、完璧《かんぺき》にインプットしてるから。めっちゃ楽しみにしてたからさ。中二って俺《おれ》一人だったわけ。二人も来てくれたから、これでぼっち組じゃなくなるんだわ」

ぐいぐいと距離《きょり》を詰《つ》めるように、銀河《ぎんが》という眼鏡《めがね》は早口でまくしたてた。圧《あつ》が強いなと思いながら、イズミを見ると、顔がちょっとこわばっている。

ここでは、食事作りは食事係の子どもたちが手伝うことになっている。まだなんの係かは決まっていなかったが、台所の使い方を教えてもらうついでに、僕《ぼく》とイズミも手伝うことになった。

「新入生が来た日はハンバーグって決まってんねん」

ばんちゃんに言われて玉ねぎの皮をむいていると、様子を見に来たまど兄が言った。

「まいまいが決めたんだよな。ここは、まいまいの絶対王政《ぜったいおうせい》だから」

なぜか僕《ぼく》にずっとくっつくようにして人参の皮をピーラーでむいていた銀河《ぎんが》がそう言い足した。

「ちょっと、銀河《ぎんが》、勝手なことを吹《ふ》き込《こ》まないで。新入生の二人が信じたらどうするの」

背後《はいご》にいたまいまいがすかさず注意すると、そばにいたみんなが笑って、僕《ぼく》もつられて笑った。今日ここに来て、はじめてちゃんと笑ったかもしれない。

「今日の献立《こんだて》を発表しまーす！　ハンバーグ、コリンキーのきんぴら、切《き》り干《ぼ》し大根、お味噌汁《みそしる》はじゃがいもとネギ、ご飯、以上！」

中学生らしいポニーテールの女子が声を張《は》って言った。

「デザートは？」

「みかんゼリー」

やったーという明るい声や、豚汁《とんじる》じゃないの、という不満そうな声が上がる。文句《もんく》言わない！　とポニーテールはピシッと言い放つ。いかにも優等生《ゆうとうせい》みたいな雰囲気《ふんいき》の女子だった。普通《ふつう》の学校でも問題なく通えそうなのに。

自分もそうだが、フリースクールというのは不登校になった子が行くところだから、もっと陰《いん》キャが多いかと思っていたけれど、意外にもみんな明るい。むしろちょっと元気すぎるくらいだ。

まいまいの発声で「いただきまーす」と声を合わせ、いっせいに食べはじめた。

情報量《じょうほうりょう》が多すぎて空腹感《くうふくかん》まで認識《にんしき》できないでいたが、食べてみたら、じつはものすごく空腹《くうふく》だったらしい。それに自分たちで作ったせいか、ものすごくうまい。ハンバーグのたまねぎは大きいのが混《ま》ざっていたり、コリンキーも大きさが不揃《ふぞろ》いだったりして、食べながら笑ってしまう。

「なに笑ってんの？」

隣《となり》にいた銀河《ぎんが》が不思議そうにこちらを見ていた。なぜなのかこいつはずっと隣《となり》にいる。

「いや、べつに」

慣《な》れているやつらにしてみれば、おかしくもないし、食べながら笑う僕《ぼく》が奇妙《きみょう》に見えるのか。でも、イズミは笑うこともなく淡々《たんたん》と食べていたから、たんに僕《ぼく》が変なテンションになっているだけなのかもしれない。


全員で片付《かたづ》けをした後、歓迎会《かんげいかい》のようなものがはじまった。

「簡単《かんたん》に自己紹介《じこしょうかい》をはじめるで。名前、学年、好きなこととか、今ハマっていることとか、あと、好きなご飯とかでもええぞ」

「まど兄もしろよ！」

誰《だれ》かの声が飛ぶ。先生というよりも、まるで友達みたいな扱《あつか》いだ。まど兄も、ああそうやな、と気にすることもない。

「岡村《おかむら》まど、三十六歳《さい》、もうおわかりのとおり、関西出身です。兵庫の西宮《にしのみや》ってところで生まれ育って、大学から東京に住んでんのに、なぜか関西弁《かんさいべん》のまんま。最近ハマってるのは畑づくり！　この建物の隣《となり》に小さい畑を作って、いろいろ育てはじめました。あと、いろんなもんを燻製《くんせい》にするのにもハマってるかな。そんでもって、ジャズなピアノも少々《しょうしょう》」

チーズの燻製《くんせい》うまかった！　マイタケの燻製《くんせい》マズすぎ！　などといろんな声が飛び交う。

騒々《そうぞう》しさを収《おさ》めるように、じゃああたしね、とまいまいが声を上げる。

「毎田美和子《まいだみわこ》、みんなにはまいまいって呼《よ》ばれてます。一応《いちおう》、ここの責任者《せきにんしゃ》です。わたしの母がもともと民宿だったこの建物を自宅兼《じたくけん》の学舎《がくしゃ》にして、ここ『東京村ツリースクール』をはじめました。三十年以上前のことです。建物をリフォームしたり、増設《ぞうせつ》したりして、今に至《いた》っています。母は八年前に、中学校の一教員でしかなかった娘《むすめ》のわたしに丸投げ……いや、ここを託《たく》して、生まれ故郷《こきょう》にひっこんでしまいました。母と一緒《いっしょ》にやっていた先生やスタッフさんも高齢《こうれい》で引退《いんたい》されたので、今はわたしがスカウトしてきたまど兄とばんちゃん、三人体制《たいせい》で運営《うんえい》していて……って、堅苦《かたくる》しいことはつまんないか。えっと、趣味《しゅみ》は、仕事の後の缶《かん》チューハイ！　っていっても、ここではどこからどこまでが仕事なのかわからないんだけどね。あっ、それと中三に娘《むすめ》がいます」

ね！　と水を向けられて片手《かたて》を上げたのは、先ほど献立《こんだて》を読み上げたポニーテール。なるほど、そういうことか。

次はばんちゃんが立ち上がった。

「萬代工《ばんだいたくみ》。二十八歳《さい》、B型《がた》、埼玉のせんべいで有名な草加《そうか》出身。中学では三か月だけバスケ、高校では半年だけバレーボール、大学では少し長続きしてラクロスを一年ほど。とチビのくせに背《せ》が高いのが有利になるスポーツばっかりやってきて、それもちょっとやったら違《ちが》うのがしたくなる落ち着きのない性格《せいかく》かな。大学が教育学部でいろんな教育現場《げんば》のボランティアをして、ここにもお世話になりました。なぜかまいまいに目をつけられて……というのは冗談《じょうだん》で、まいまいの考えや、森の中にあるこのフリースクールがあまりにもツボすぎて、大学卒業と同時からここで働いてます。ここに来てから料理にもハマって、ずっと食事担当《たんとう》やってます。ってことで、よろしく」

ばんちゃんの後、生徒たちの自己紹介《じこしょうかい》になった。トップバッターは中三で、まいまいの娘《むすめ》だ。

「毎田音夢《まいだねむ》、好きなことは人間観察。地元の中学に通学してます。以上！」

たぶん新しい子が来るたびに、自己紹介《じこしょうかい》をしているので慣《な》れているのだろう。ここには住んでいるけれど、生徒ではなく、地元の中学に通っているのか。やっぱりな、と心の中で納得《なっとく》しながら、不意打ちに胸《むね》が痛《いた》んだ。

——フリースクールなんか、普通《ふつう》の学校に通えない連中のたまり場だろう。

いつかの父親の言葉が蘇《よみがえ》った。フリースクールのパンフレットを取り寄《よ》せていた母親に言っているのが、トイレに行こうと二階から一階に下りた時に聞こえてしまったのだ。自分に直接《ちょくせつ》向けられた台詞《せりふ》でなかったのが救《すく》いだが、不登校の息子《むすこ》を避《さ》けるようになった父親の本心をうっかり聞いてしまったショックで、いまだに思い出すと心臓《しんぞう》をわしづかみにされたような痛《いた》みを覚える。

中三は音夢《ねむ》だけだった。続いて中二。僕《ぼく》とイズミは最後と言われたので、銀河《ぎんが》が立ち上がった。

「杜田銀河《とだぎんが》でーす。えっと、なんだろ、いざ話すとなると緊張《きんちょう》するんだよな。最近ハマってるのは釣《つ》りかな。っていうか、マイクラ、あとポケモンカード。で、好きなご飯だっけ？　ハンバーグでしょう、カレーでしょう、胡麻《ごま》がたっぷり入ったおにぎりでしょう。あと釣《つ》った魚を焚《た》き火《び》で焼くの！　それって料理って言わないのか？」

「はいはい、わかったから、よし次！」

だらだらと話す銀河《ぎんが》に野次《やじ》を飛ばしたのは、えらそうな雰囲気《ふんいき》のやつだった。眉毛《まゆげ》が太くてがたいもよくて、ジャイアンみたい。あれ、ジャイアンって眉毛《まゆげ》は太くないか。そんなことを思いながら見ていたら、そいつが立ち上がった。

「じゃあ、俺《おれ》な。谷寛太《たにかんた》、ツリースクールの最大派閥《はばつ》、中一のリーダーなんで、まあ、よろしく」

「中一が最大派閥《はばつ》の時代は終了《しゅうりょう》したんだよ！　今日から中二も三人だからな。それに中一のリーダーって、お前が勝手に思ってるだけだろうがよ！」

銀河《ぎんが》がさっきの野次《やじ》のやり返しとばかりに、大声で言った。すると寛太《かんた》がまた言い返し、場の雰囲気《ふんいき》が悪くなる。が、こういうのが日常茶飯事《にちじょうさはんじ》なのか、じゃあ次！　とまど兄が流した。

中一の寛太《かんた》以外の二人は、たしかにおとなしそうだった。この三人だと、寛太《かんた》がリーダーになるのも不思議ではない。

その後に、小学六年生と五年生が二人ずつ。

「いまのところ、ここで暮《く》らす子は十一人。でも、けっこう出入りがあって、君たち二人がこうして夏休みに入ってきたように、長期休みのタイミングで増《ふ》えたり減《へ》ったりしやすいかな」

小五まで終わったところで、まいまいは言った。そして、ほら、薫《かおる》、と促《うなが》されて僕《ぼく》はおずおずと立ち上がった。

「氷川薫《ひかわかおる》、中二です。好きなものは……爬虫類《はちゅうるい》かな」

「トカゲ？」

「おれ、カエルなら飼《か》ってたことある！」

「ばっかじゃん、カエルは両生類だっつうの」

誰《だれ》が発言しているのか聞き取れない勢《いきお》いで、みんな口々《くちぐち》に感想を言ったり、その感想にツッコミを入れたりする。こちらに興味《きょうみ》があるというよりも、ただ声を上げたい、しゃべりたい、そういう前のめりな熱量に気圧《けお》されてしまう。さりげなくフェードアウトするように僕《ぼく》はその場に座《すわ》る。

「えっ？　それで終わり？　どこに住んでるとかは？」

まど兄が言うので、しょうがなくまた立ち上がった。

「東京の世田谷《せたがや》区に家があります。これからよろしくお願いします」

そう言い終えて座《すわ》った僕《ぼく》と入れ替《か》わるように、イズミが立ち上がった。

「出水瑠璃《いずみるり》、中二。好きなのは、ミズベ」

ミズベが、『水辺』と変換《へんかん》されるのに数秒かかった。

「だから、ここを気に入ってくれたんだよね」

まいまいが補足《ほそく》するように言うと、まあ、とイズミは曖昧《あいまい》にうなずいた。

「文京区《ぶんきょう》から来ました。あっ、それと。わたしのこと、苗字《みょうじ》で呼《よ》んでください。名前、好きじゃないんで」

事務的《じむてき》な報告《ほうこく》をするように付け加えると、イズミは亀《かめ》みたいに首を前に出すようなお辞儀《じぎ》をして体育座《ずわ》りになった。

歓迎会《かんげいかい》を早々《そうそう》に終えると、順番にグループで入浴していく。時間は三十分以内と決まっているが、小学生の就寝《しゅうしん》時間は九時半だというから、手際《てぎわ》よく動かなくてはならないのだろう。

中一と小六のグループが出てくると、僕《ぼく》と銀河《ぎんが》、そして小五の二人が呼《よ》ばれて入った。浴室は家庭用よりも広いが旅館の大浴場ほどではない、民宿サイズと言われたらなるほどという広さだった。家のバスルームとは違《ちが》って、床《ゆか》に小さな三角のタイルが敷《し》き詰《つ》められていて足の裏《うら》の感触《かんしょく》がおもしろい。大きな窓《まど》は湯気でくもっていて、夜の闇《やみ》がふやけて見える。

「きもちーだろ、ここのお風呂《ふろ》」

湯船につかっていると、身体《からだ》を洗《あら》い終えた銀河《ぎんが》がバシャバシャと入ってきた。子ども同《どう》士《し》でお風呂《ふろ》に入ることなんて、小学校の修学《しゅうがく》旅行以来だろうか。

「あんな、さらにきもちーの教えてやる」

銀河《ぎんが》はふいに立ち上がると窓《まど》のロックを外した。窓《まど》は上の数センチだけ開くようになっているようで、そこから風とともに、真下を流れる川の音が吹《ふ》き込《こ》んできた。せせらぎなんて優《やさ》しいものじゃない。ごうごうという力強い音に乗って、シャンプーの匂《にお》いを洗《あら》い流すような草の青い匂《にお》いがする。とめどない音の中を探《さが》すように、僕《ぼく》はくもりガラスの向こう側をぼんやりと見つめた。

――お前、やっぱり川にいるのか？

心の中で呼《よ》びかける。もう会えないやつに……。

長湯しすぎたのか、お風呂《ふろ》から上がったら猛烈《もうれつ》な眠気《ねむけ》に襲《おそ》われた。自分で思っている以上に緊張《きんちょう》していたのかもしれない。当然だろう。自分で望んだこととはいえ、かなりの冒険《ぼうけん》だ。

今ごろあの家ではみんなどうしているのかな。普段《ふだん》は親も姉もどうでもいいと思っているのに、そんなことを考えるのは、やっぱり離《はな》れているせいなのだろうか。

自分のベッドに倒《たお》れ込《こ》むと、真っ白のシーツがひんやりして、ほてった身体《からだ》が冷やされた。やっと一日が終わった。そう思った瞬間《しゅんかん》、夢《ゆめ》の中にひきずり込《こ》まれた。

＊

起床《きしょう》時間は六時。目覚まし時計が鳴る少し前に目覚めてしまったのは、鳥のさえずりが大きいのとカーテンの隙間《すきま》から差《さ》し込《こ》んできた日差しが明るかったから。目を開けた時に二段《だん》ベッドの裏側《うらがわ》が見えて、一瞬《いっしゅん》自分がどこにいるのかわからなくなった。そうだ、寮《りょう》に入ったのだったと思い出して、不思議な気持ちになった。大袈裟《おおげさ》な言い方のようだけど、昨日までの自分とは違《ちが》う自分になったような気分。

目覚ましが鳴ってから数分後に「おはようー。起きてよー」とまいまいが起こしに来た。その呼《よ》びかけで少しずつみんなが動きだす。

朝ご飯はおにぎりだった。月、水、金がおにぎり、果物、味噌汁《みそしる》。火、木、土、がパンとヨーグルト。日曜日はシリアル。食べ終えて、片付《かたづ》けをし終えるのが七時半ごろ。その後には十分間の掃除《そうじ》タイム。それが終わったら八時半ごろまでは自由時間で、この時間がダラダラできていいらしい。

朝起きてから三十分以内ならスマホはしてもいいことになっている。ちなみにスマホをはじめ、ゲームなどの電子機器は、一日の中で一時間以内を目処《めど》に許《ゆる》されていた。それ以外の時間は、決められたところに置いておくことになっている。

「みんな、ゲームするよな？」

台所の床《ゆか》を拭《ふ》きながら、僕《ぼく》は寛太《かんた》に訊《き》いた。

「当たり前だろ。するに決まってんじゃん。お前は？」

いきなり「お前」と呼《よ》ばれて怯《ひる》みそうになる。中一のくせに、寛太《かんた》はまるで年上みたいにえらそうだ。そういうところが銀河《ぎんが》の気に食わないのだろうが、案外、僕《ぼく》はそんなに嫌《いや》ではない。たぶん誰《だれ》にえらそうにされても、あまりなんとも思わないのは、僕《ぼく》は自分のことを、えらそうな態度《たいど》を取られてもしょうがないやつだとわかっているからかもしれない。

「するよ。家にいた時は、起きている間はほとんどゲームをして過《す》ごしていた。だから、ゲームがまったくなしってことじゃないけど、制限《せいげん》ある生活なんてできんのかな」

「ああ、わかる。俺《おれ》もそうだった。ゲームないと死んでた、まじで」

「だよな」

「でも、ここだと案外いける。ほら、誰《だれ》かがそばにいるし、なんだかんだ忙《いそが》しいしな」

「そっか」

不登校になっていた時、父にゲーム機もスマホも取り上げられたことがあった。大袈裟《おおげさ》ではなく、生きていく理由もわからなくなった。

ゲームをしている時だけが、ちゃんと呼吸《こきゅう》できた。ゲームをしていないと、まともな精神状態《せいしんじょうたい》ではいられない時期があった。ゲームを奪《うば》われて、死ぬかと思った。まじで、このままじゃ死んでしまう。そう思ったから、いま僕《ぼく》はここにいる。

「寛太《かんた》って、なんでここに入ったの?」

「なんでって、まあ……学校に行ってなかったから」

「いつから?」

「小三くらい。親にいろんなフリースクール連れていかれて、だいたい電車乗っていくところじゃん。移動《いどう》するのが忙《いそが》しいっていうか、メンドーになって。でも、ここもまあまあ忙《いそが》しいんだけどな」

寛太《かんた》はぶっきらぼうに言って、少し笑った。

たしかに、ここなら移動《いどう》するメンドーはない。でも、生活はけっこう忙《いそが》しそうだ。毎月、班制度《はんせいど》で食事と洗濯《せんたく》の担当《たんとう》がまわってくるし、食事の後は全員で片付《かたづ》けをしなくてはならないし、毎朝掃除《そうじ》もしなくてはならないのだから。

ここに来る子の中には、ゲーム中毒《ちゅうどく》になって昼夜逆転《ぎゃくてん》の生活になってしまい不登校になった子も少なくないとまいまいから聞いた。生活のリズムを整えるために数か月ここで生活して、リセットできたところでここを出ていくようだ。なので、寮《りょう》生活は、人によってそれぞれ。

午前中、晴れていれば森に出かけることが多いようだ。午後は寮《りょう》の勉強部屋で、自学に取り組む。まど兄とばんちゃんが丸つけをしてくれたり、わからないところを教えてくれたりする。こうして予定を書くとかっちりと組まれたスケジュールがあるように思えるが、そんなことはない。夏の今、午後も森や川で遊んでいることも多いし、勉強の気分でなければ、漫画《まんが》や本を読んだり、工作をしたり、好きなことをしていいことになっている。

一週間もすると、僕《ぼく》はここの生活にだいぶ慣《な》れていた。

この日もお昼ご飯を食べてから、ほとんどみんな森に戻《もど》った。まいまいが寮《りょう》にいるから帰ることはできるけど、ここにいる誰《だれ》も、夏の森の魔力《まりょく》に勝てない。都心みたいに蒸《む》し暑くなくて、日陰《ひかげ》はひんやりしている。川遊びで冷たくなった身体《からだ》は日なたの岩場ですぐに温められる。

「薫《かおる》って、まじで不思議だよな」

顔を上げると、タンクトップと短パン姿《すがた》でずぶ濡《ぬ》れになった銀河《ぎんが》が川から上がってきた。手には棒《ぼう》のようなものを持っている。たぶん、意味はない。意味もなく棒《ぼう》を持ちたがるのだ、ここにいる子たちは。最近になって、持ちたくなる気持ちがわからないでもなくなった。意味はないけど、棒《ぼう》があれば拾いたくなる。

「不思議って?」

焚《た》き火《び》をおこすために麻《あさ》ひもをほぐしていた手を止めて、僕《ぼく》は聞き返した。

「だってさ、フツーここに来るやつって川が好きなわけよ。だって、川の真横にある学校なんだから。一日中川で遊べるなんてサイコーじゃん。でも、薫《かおる》は違《ちが》うだろ。水が苦手で川に入らない? 意味わかんねえ。そんなやつが、なんでここ? って思うよ」

「苦手っていうんじゃないけど」

「まあいいけどさ。まど兄、火種《ひだね》作る？」

僕《ぼく》が言いよどんだからか、銀河《ぎんが》はすぐに話題を変えた。

「おお、作ろうか」

「今日、僕《ぼく》一人でやってもいい？」

僕《ぼく》はまど兄に訊《き》いた。

「おう、やってみ」

まど兄がうなずくのを見て、銀河《ぎんが》は火打石《ひうちいし》と火打金《ひうちがね》をこっちに差し出した。ここではライターを使わない。

火打石《ひうちいし》の尖《とが》っているところを削《けず》るように火打金《ひうちがね》を打ち付ける。叩《たた》くのとは違《ちが》う。擦《こす》るように打つ。森での初日にはまったくできなかったが、次の日も、その次の日も続けていると細い火花が出るようになった。それでも火種《ひだね》に移《うつ》して火をおこすまでにはならなかった。かすかな火花を捕《つか》まえるのはむずかしい。でも、なんとなくコツはつかんだ。

「ついた！」

一瞬《いっしゅん》だけ光った火花が麻《あさ》ひもに飛《と》び移《うつ》って、とたんに火が細い繊維《せんい》を上るように燃《も》えていく。

「だいぶ慣《な》れてきたな」

「銀河《ぎんが》、見て！　ほら！」

「そりゃできるだろ」

　ここでは石と金で火をおこすことなんて毎日のことだ。とはいえ、こっちは新人なんだから、もうちょっと感動してくれてもいいのに。ちぇ、と思いつつも、僕《ぼく》は一人でにやにやする。

「『必要なのは才能《さいのう》じゃない。練習、練習、練習。それだけだ』と、モダン・ジャズの帝《てい》王《おう》、マイルス・デイヴィスが言うてる。練習してきたからできるようになったんや。できんかったことができるようになったら、嬉《うれ》しいもんやろ」

　まど兄は言った。

「うん、嬉《うれ》しい」

「それにしても、ライターがいかに便利なものかわかるやろ。その便利な道具をあえて使わんのは、みんなに考えてほしいから。トライアンドエラーを繰《く》り返《かえ》して、昔の人たちは便利な道具を発明してきて、いまの世界がある。その恩恵《おんけい》にあずかるだけじゃなく、ここにあるものでどうすればいいのか、考えて、試行錯誤《しこうさくご》する経験《けいけん》を、この森でしてほしいんや」

　まど兄は僕《ぼく》を優《やさ》しく見ながら話した。

「試行錯誤《しこうさくご》……」

「ところでここでの生活には慣《な》れたか？　なにか疑問《ぎもん》に思ったりしてることあったら言うてや」

「疑問《ぎもん》っていうか……こんなふうに過《す》ごしていて、大丈夫《だいじょうぶ》なのかなって思わないでもないんだけど」

「ほう、こんなふうに？」

「たとえば、あんまり勉強していないし」

「ここでは、いわゆる机《つくえ》でする学習の比重《ひじゅう》は少ないけど、勉強はこの森の中でもやっているつもりやけどな。でもまあ、不安になってるなら、もくろみどおりや」

　まど兄は口を横に広げるようにして微笑《ほほえ》んだ。

「そうなの？」

「ここでの生活は自由なように見えるけど、じつは逆《ぎゃく》なんやで。人間って、ある程度《ていど》のルールが決まっていたり、やるべきことを与《あた》えられているほうが、意外と楽なもんや。好きにしてもいいって言われると、不自由に感じたり、不安になったりするもんでな。なんで不安なのかって、なにをしていいのかわからんからや。さっきの話とつながるけど、自分で考えることが大事なんや」

「自分で考えることが、そんなに大事なことなんだ……」

「そやで、今の学校は、考える前に与《あた》えすぎてるんやと、俺《おれ》は思う」

「そうなのかな」

「丁寧《ていねい》な授業《じゅぎょう》、それを補《おぎな》うための課題、友達関係のことを学んだり一つのことに取り組む力を培《つちか》うための部活動……どれも大事なことやけど、提案《ていあん》されてばかりで、子どもたちは自分にとってなにが必要で、必要じゃないのか、考える余地《よち》がなくなりつつあるんやと思うな。薫《かおる》がどういう理由でここに来たんかは知らんけど、かっちりと枠組《わくぐ》みが決められた環境《かんきょう》で、一方的に与《あた》えられることにうんざりした子らが、ここには多い。そういう子たちに森はぴったりや。森には余地《よち》しかないからな。人間って本来、自分で考えたいという強い欲求《よっきゅう》があるんやと思う……って言っても、ピンとこないか」

「うーん。どうだろう」

首を傾《かし》げた僕《ぼく》の頭を軽く叩《たた》くようにしてまど兄は立ち上がると、枯《か》れ木《き》を探《さが》してくるわ、と森の斜面《しゃめん》を登っていく。まど兄の姿《すがた》が遠ざかったところで、銀河《ぎんが》がまた隣《となり》にくっつくようにしてきた。

「薫《かおる》、今なに考えてる？」

「えっ、なんで？」

「なんか、考えてそうだから」

能天気《のうてんき》そうなのに、銀河《ぎんが》はこちらの表情《ひょうじょう》の細部まで見ているところがあった。

「森には余地《よち》しかないのかどうかはわからないけれど、まど兄は余地《よち》だらけだなと思って。まど兄はいろんなことを話してくれるけれど、すべてを言い終えることはないんだよ。もっと知りたいと思ったところで、止めてしまう。それはきっと、その先は考えろ、ということなのかな」

「そんな難《むずか》しいことを考えてるんだ」

「べつに難《むずか》しくなんてないよ」

でも、たしかにこんなことを僕《ぼく》だって今まで考えたことがなかった。こうして考えるようになったこと、そのこと自体が森の余地《よち》なのかな。なにかが少しわかりそうになったところで、目の前に虻《あぶ》が飛んできたのを手で払《はら》った。

「まど兄がなに言いたいのか俺《おれ》にはよくわかんない。森がなにを教えてくれてるのかわかんねえよ。でもさ、俺《おれ》、ここが好きなんだよな」

銀河《ぎんが》は言った。

「楽しんでるもんな」

「楽しいだけじゃなくて、生きてるって実感できるっていうかさ。俺《おれ》は、不登校じゃなかったんだけど、今思うと、窮屈《きゅうくつ》だったんだろうなってわかった」

「銀河《ぎんが》は、不登校じゃなかったんだ?」

「学校には通えてたよ。友達関係も、悪くなかった」

「お前、人懐《ひとなつ》っこいもんな。コミュ力高そうなのに、どうしてここにいるんだ?」

「そんなの知るかよ。薫《かおる》はなんで、ここに来た? 不登校?」

「最終的には不登校」

「どんな学校だったの? 私立《しりつ》?」

「フツーの公立」

「勉強がたいへんとか?」

「よくわかんないけど、けっこう忙《いそが》しかったかな。中一から高校受験のために塾《じゅく》に通っているやつらも少なくなかったし、普通《ふつう》に学校の授業《じゅぎょう》を受けているだけじゃ、定期テストで平均点《へいきんてん》を取れなかった。不登校になる前の成績《せいせき》は良くも悪くもなかったんだろうけど」

「じゃあ、友達関係？」

「あれこれと訊《き》いてくるな」

「言いたくなければいいけど」

「いろいろだよ。銀河《ぎんが》こそ、不登校じゃないなら、なんで」

「俺《おれ》も、まあ、いろいろだな。でもさ、最近思うんだよね。強くなるためにここ、異世界《いせかい》に転生したんじゃないかって」

「異世界《いせかい》って、ここが？」

「この川がゲートだ。あちら側には、これまでいた世界がある。こちら側は、まったく別の世界。だって、ここには親もいないし、学校も授業《じゅぎょう》もない。ひたすら川で遊んだり、火をおこしたりする。そうやって強くなっていくんだ。絶対《ぜったい》に壊《こわ》れない身体《からだ》を手に入れて、無敵《むてき》になるんだ」

「お前、完全に厨二病《ちゅうにびょう》だな」

でも、こういうやりとりは嫌《きら》いじゃない。

「うっせー。お前も一緒《いっしょ》に訓練するんだよ」

「僕《ぼく》はいいよ。川の中に入りたくないし」

「なんだよ、つまんねーな。そういえばもう一人川に入らないやつがいるな」

「誰《だれ》？」

「イズミ」

「へえ、なんで」

「あいつ、いつも靴《くつ》を履《は》く時、かちゃかちゃ鳴らしてなんかつけてるじゃん」

「そうだっけ？」

「そうだよ。あいつの場合は、足が悪いんだと思う。それで、川にあまり入らないようにしてるっぽい」

「銀河《ぎんが》って、他人のことよく見てるよな」

「薫《かおる》が見てなさすぎ」

銀河《ぎんが》は笑った。

イズミ、そうなんだ。室内では普通《ふつう》に歩いているようだったから、まったく気づかなかった。それとも銀河《ぎんが》の言うように、自分は周りが見えてなさすぎるのだろうか。

イズミ、イズミ……探《さが》そうとしたら、対岸の岩場で釣竿《つりざお》を垂《た》らしていた。こんな近くにいたのか。銀河《ぎんが》の言うとおり、周りが見えていないのかもしれない。

思わずじっと見つめてしまったようで、視線《しせん》に気づいたのか、顔を上げるとこちらを向いた。初めて会った時から感じていたが、こいつはまっすぐに人を見る。英語でいうなら、see ではなく look というような。

そんなことを考えながら、イズミの射《い》るような目から逃《に》げるように視線《しせん》を泳がせた。

「なに？」

それなのに、向こう側からぶっきらぼうな声がかけられて、僕《ぼく》はそちらに顔を向けた。

「なにが？」

「わたしのこと、話してたでしょ」

上流の川幅《かわはば》は、さほど広くない。渓谷《けいこく》になっているので、川の流れる音も大きい。ぼそぼそ話す銀河《ぎんが》の声が、向こうにいるイズミに聞こえているはずがないと思うものの、なんと返そうか迷《まよ》っていると、

「すげー。聞こえたの？　エスパー？　いやさ、足悪いじゃん？　なんで？」

銀河《ぎんが》が能天気《のうてんき》に言ってしまった。

こういうの、なんていうんだっけ。そうだ。デリカシーがないっていうんだ。というか、人の見た目や身体的なことについて言ってはいけないという風潮《ふうちょう》があるとか、こいつは知らないのかよ。僕《ぼく》が責《せ》めるような目で睨《にら》むと、えっ？　と銀河《ぎんが》は目をパチパチと瞬《しばたた》かせた。

すると、思いがけずイズミは笑った。釣竿《つりざお》を持った手をお腹《なか》に当てて。いつもの少しすかしたような笑い方ではなく、本当におかしそうで、不意をつかれたような気持ちになる。

「生まれつきだよ」

イズミはあっさりとそう言った。

「そうなんだ」

幼稚園児《ようちえんじ》のような無邪気《むじゃき》さで相槌《あいづち》を打つと、銀河《ぎんが》はさらに聞きたがるようにじゃぶじゃぶと川の中を歩いてイズミ側へ行く。なんとなく気になって、僕《ぼく》も川面から出ている石の上を慎重《しんちょう》に渡《わた》った。

「そういう病気ってことだよ」

「ふうん。たいへんだな。でも、足につけてるやつって強そうでかっこいいよな」

銀河《ぎんが》の言葉を聞いて、イズミはさらに表情《ひょうじょう》を和《やわ》らげた。

「そういう感想って、たまに言われることあってカチンと来ることもあるんだけど、なんかあんたに言われると素直《すなお》に受け取れるわ」

「まじで？　なんでかな？」

「変なやつだから？」

そう言って、イズミは笑った。こんなに感じのいい表情《ひょうじょう》ができるのか。もっとつっけんどんなやつかと思っていた。うっせーな、と照《て》れ隠《かく》しみたいに言い返す銀河《ぎんが》を見て、イズミと同じように僕《ぼく》も笑った。

「俺《おれ》も、イズミと同じ。川には入れない」

二人の会話にまじりたくて、僕《ぼく》はとっさにそう言った。

「川が苦手なのに、こんな場所にある寮《りょう》に入ったんだ。あんたも変わってるね」

イズミの意見を聞いて、銀河《ぎんが》は笑った。

「やっぱ、そう思うよな。ほら、薫《かおる》も変なやつだ」

銀河《ぎんが》を軽く睨《にら》むように一瞥《いちべつ》してから、僕《ぼく》はイズミのほうを見た。

「そっちは、水辺が好きだって言ってたよな」

「水が流れる音は1／f《エフぶんのいち》ゆらぎの音で、聴《き》いていると脳内《のうない》がα波《アルファは》状態《じょうたい》になってリラックスできるからね。いま、わたし史上《しじょう》もっとも心穏《こころおだ》やかになってるかも」

「難《むずか》しいことはよくわからないけど、そうなんだ?」

僕《ぼく》が聞き返すと、イズミは肩《かた》をすくめた。

「こんなふうにしゃべってる自分が自分じゃないみたい。家にいた時は、完全に他人シャットアウトだったから。たんに水辺のせいってだけでもないんだろうけどさ」

「イズミは、学校嫌《ぎら》い? それとも家嫌《ぎら》い?」

川面を蹴《け》りながら、銀河《ぎんが》は訊《き》く。

「どっちもかな」

イズミは答えた。

まいまいとイズミが話しているのを聞いたことがあった。イズミは都内のめちゃくちゃ偏差値《へんさち》の高い女子校に通っていたのを、公立中学校に籍《せき》を移《うつ》して、ここに入ったのだと。勉強についていけなかったのだろうか。だけど、イズミは勉強が嫌《きら》いではないようで、ここでも誰《だれ》よりも長い時間真面目《まじめ》に取り組んでいる。自由時間でもみんなが遊んでいる中で、一人で黙々《もくもく》と問題集を解《と》いている姿《すがた》をよく見かける。

家も嫌《きら》いということは、親と仲が悪いのだろうか。初日に来ていた父親らしき人はそんなに悪い人ではなさそうだったが。

頬《ほお》に水飛沫《みずしぶき》がかかった。銀河《ぎんが》がわざとこちらにかけているとわかり、僕《ぼく》は手で川の水をすくって応酬《おうしゅう》した。それがうっかりイズミにかかってしまい、イズミは抗議《こうぎ》するように釣竿《つりざお》を上下に振《ふ》った。

三人の頭上に滴《しずく》が舞《ま》い上がる。夏の盛《さか》りの光がそれらと戯《たわむ》れるように僕《ぼく》らを照らし続けた。自然と笑みがあふれ、歓声《かんせい》を上げていた。そんな自分にふと気づいたとたん、それまで川音と蟬《せみ》の声でわんわんとうるさかった頭の中がしんと静まり返ったように感じられた。

なにを笑っているんだ。

もう一人の自分が、斜《なな》め上あたりからひどく冷静に言ってくる。

呆然《ぼうぜん》と立《た》ちつくした。すると、銀河《ぎんが》とイズミも水を差されたようにはしゃぐのをやめる。

――どうしたんだよ、カール。

そう聞こえて心臓《しんぞう》がなにかに突《つ》き抜《ぬ》かれたような衝撃《しょうげき》を受ける。

……セアか？

「俺《おれ》のこと、カールって呼《よ》んだ？」

食らいつくように訊《き》くと、銀河《ぎんが》はぞっとしたように表情《ひょうじょう》をこわばらせた。

「言ってないよ……カールなんて」

「えっ……だって」

「薫《かおる》って呼《よ》んだけど」

銀河《ぎんが》が困惑《こんわく》をごまかすように笑おうとするのを見て、僕《ぼく》は冷静さを取《と》り戻《もど》した。

「……ごめん」

当たり前だ。銀河《ぎんが》が僕《ぼく》をカールと呼《よ》ぶわけがない。なに言ってるんだ……。

石を渡《わた》って向こう側へと戻《もど》った。焚《た》き火《び》は火種《ひだね》を燃《も》やしつくして、白い煙《けむり》を上げてくすぶっている。

そばにあった麻《あさ》ひもと小枝《こえだ》をくべて、上流のほうを見る。切り立った岩場がむきだしになった渓谷《けいこく》の奥《おく》に、セアがいるような気がして、じっと見つめた。

――俺《おれ》の友達、カールだけだからさ。

いつか照《て》れ臭《くさ》そうにそう言ったセアの声が蘇《よみがえ》る。

眉間《みけん》に皺《しわ》を寄《よ》せて笑う顔も脳裏《のうり》に浮《う》かんだ。

自分が誰《だれ》かと楽しんでいると、セアを裏切《うらぎ》っているような気がしてしまう。

僕《ぼく》はお前を忘《わす》れてなんかいないから。

そう伝えたくて、僕《ぼく》はここにやってきたのかもしれない。

本当はセアの気配なんて気のせいで、たんにそう思いたいだけなのかもしれない。幽霊《ゆうれい》とかたましいとか、よくわからないし、怖《こわ》いからあまり深く考えたくないけど、たとえそういうものを肯定《こうてい》してでも、まだ近くにセアがいるのだと、思いたいだけなのかもしれない。

＊

セアの本当の名前は、せいあ。

聖《せい》なる空と書いて、そう読むらしい。

「せいあ」と呼《よ》んでいたはずが、知らないうちに縮《ちぢ》まって「せあ」になった。なんとなく、僕《ぼく》の中ではカタカナの「セア」なのだった。

セアは僕《ぼく》のことを「カール」と呼《よ》んだ。せいあが縮《ちぢ》まって「セア」になったように、薫《かおる》が「カール」になったのだろうけど、いつだったか、カールって犬みたいだからやめてくれよと冗談《じょうだん》っぽくセアに言ってみた。するとセアはこう言った。

「犬じゃないって！　カールシュミットモニターだから、オオトカゲじゃん！」

意味がわからなくて、笑ってしまった。僕《ぼく》はセアのこういう斜《なな》め上のことを言い返してくるところを気に入っていたのだ。

セアは爬虫類《はちゅうるい》や両生類が好きだった。それまでその類《たぐい》に興味《きょうみ》がなく、むしろ苦手なほうだと思っていた僕《ぼく》だったが、セアと仲良くしているうちに詳《くわ》しくなり、案外自分も嫌《きら》いじゃないことに気づいた。

セアの家族が隣《となり》に引《ひ》っ越《こ》してきて、一人も友達のいない学校に入学するんだから仲良くしてあげなさいよ、と母親に言われて、だけど一つ下の学年だし面倒《めんどう》くせーと思っていた。それがいつしか、大事な親友になっていた。

二階にある僕《ぼく》の部屋の窓《まど》と、セアの家の廊下《ろうか》にある窓《まど》は向かい合わせになっている。そのことに気づいたセアは、夜になると、廊下《ろうか》の窓《まど》から僕《ぼく》を呼《よ》んだ。

子どもでもおたがいに腕《うで》をのばし合えば握手《あくしゅ》できるほどしか離《はな》れていない距離《きょり》で、オンラインでつながって対戦ゲームをしたり、わざわざ糸電話やトランシーバーを使って話したり、昼も夜もなく遊んでいたせいで、友達というよりもむしろ兄弟みたいな感覚になっていった。

僕《ぼく》には二歳《さい》年上の姉がいるけれど、さほど仲良くない。といっても、仲が悪いわけではなくて、おたがいに関心がないのだ。姉の麻友《まゆ》はいつもスマホばかり見ているし、共通の話題もない。さらに姉は母親とも言い合いばかりしていて、母親を不機嫌《ふきげん》にさせる装置《そうち》みたいで、ちょっと厄介《やっかい》だ。だから、弟みたいなセアと遊ぶ時間が、特別なもので……。

そうだったな。

二段《だん》ベッドの天井《てんじょう》をながめながら、セアの顔を思《おも》い浮《う》かべようとするが、なぜか輪郭《りんかく》がぼやける。まだ一年ちょっとなのに。一年ちょっと前までは、毎日のように見ていた顔なのに。

——トゥアタラを探《さが》しにニュージーランドに一緒《いっしょ》に行こうよ。ねえ、カール。

セアの顔は溶《と》けて消えていくようなのに、声はいつまでも耳の奥《おく》に棲《す》んでいた。

セアがこの世からいなくなってから、自分の部屋にいることが苦しくなった。

日常的《にちじょうてき》な、ほどよい雑音《ざつおん》のまじった静けさの中にいることができなくなった。神経質《しんけいしつ》になった耳がセアの気配を探《さが》してしまった。異常《いじょう》に大きく聞こえる空気の流れが耳の奥《おく》にこもって、鼓膜《こまく》を圧迫《あっぱく》するような感覚があった。水の中にもぐっているような息苦しさの中で、セアにつながるなにかを探《さが》してしまう。窓《まど》を見てしまう。だけど、窓《まど》の向こう側から、カール、と呼《よ》ぶ声はしない。

その代わりに、出所《でどころ》のわからない不穏《ふおん》な声が僕《ぼく》を責《せ》めた。

——お前のせいだ。お前が悪いんだ。

喪服姿《もふくすがた》のセアの両親がおたがいにしがみつくようにして泣いている姿《すがた》を見て、呼吸《こきゅう》ができなくなった。僕《ぼく》のせいでセアはいなくなった。僕《ぼく》のせいで、この人たちはあんなにも苦しそうに泣いているんだ。そう思ったら、怖《こわ》くてたまらなくなった。

すべての気力を失った。学校に行っても友達と関わるのが辛《つら》くなった。宿題もできなくなったし、授業中《じゅぎょうちゅう》に気持ち悪くなることがあった。自分だけが停止《ていし》し、周りが動いている感覚だった。そのスピードはどんどん加速していくようで、止まっているだけの自分が弾《はじ》き飛《と》ばされるイメージが浮《う》かんだ。ノリが悪くなって、勉強もできなくなると、それまで仲良くしていた友達もいつのまにか離《はな》れていった。

元来、あまり大人数の中でうまくやれる性格《せいかく》ではなかった。そういう僕《ぼく》を、父は残念に思っていた。さらに言うと、僕《ぼく》が数字が苦手で、算数が嫌《きら》いだということと、集団《しゅうだん》の中に入ると萎縮《いしゅく》してしまうことを、なぜか父は結びつけていたところがある。中学受験のために塾《じゅく》に通っていたが、四年生になっても九九を間違《まちが》えてしまうものだから、塾《じゅく》の先生の勧《すす》めもあって受験するのを辞《や》めた。

――算数はできないし、学校でもぱっとしないようだし。

がっくりと肩《かた》を落として、父は言った。

――俺《おれ》の子とは思えない。

そんな父を、母は非難《ひなん》して僕《ぼく》をかばってくれた。姉は関わりたくないとばかりに、スマホばかり見ていた。家の中の空気がどんどん悪くなっていった。そういう時こそ、僕《ぼく》にはセアの存在《そんざい》が救《すく》いになった。この家には味方がいないような気持ちになった時、窓《まど》を開けて呼《よ》べば、セアが顔を出してくれた。

――カール、どうしたの？

そう言って、笑ってくれた。九九なんか俺《おれ》もできねーよ。お母さん、それでもいいって言ってるよ。俺《おれ》は俺《おれ》の得意《とくい》なことを見つけたらいいって。そう言われると、ほっとした。

セアがおもしろい動画の話なんかをしてくれると、僕《ぼく》も気分が晴れた。

僕《ぼく》らは似《に》ていたのかもしれない。セアの中に、自分を見つけられた。セアを好きになれることは、自分自身を好きになれるような、そういう感覚を持っていた。

大事な友達だった。

それを、僕《ぼく》はなくした。自分のせいで、失ってしまった。

学校に行きたくなくて、だけど家にいてもセアがつきまとって、どうしようもなくベッドの中に潜《もぐ》り込《こ》んでひたすらパズルゲームをし続けた。地獄《じごく》のような日々《ひび》。思い出したくもない。

苦しくなって上体を起こした。ベッドが大きく軋《きし》んだせいか、上で寝息《ねいき》を立てていた銀《ぎん》河《が》まで寝返《ねがえ》りを打つ。

目が冴《さ》えてしまったうえにいろんなことを思い出したせいか、喉《のど》がカラカラだ。そっとベッドから抜《ぬ》けだした。なにかの視線《しせん》を感じて横を見ると、少し開いていたカーテンの隙《すき》間《ま》からきれいな満月が見えた。

ここにも、セアがいる。

――満月の夜に海の生き物が産卵《さんらん》するのは、月の満ち欠けのせいではなくて、満月になると大潮《おおしお》になって海水が増《ふ》えるのを察知してそうしているという説があるんだよ。でも、収穫《しゅうかく》した牡蠣《かき》を海のない土地の実験室で観察したら、満月の日に殻《から》を開いたっていう結果があって、やっぱり、満月の力なんだろうな！　満月ってすごいな！

セアは物知りだった。自分が好きな生物の知識《ちしき》に偏《かたよ》っていたけれど、知りたいという欲《よっ》求《きゅう》が人一倍強いやつだった。

そのことが結果的に悲劇《ひげき》を招《まね》いてしまったのだろうが、僕《ぼく》はそんなセアに憧《あこが》れてもいたように思う。

足元灯をたよりに階段《かいだん》を下りる。踊《おど》り場《ば》を曲がると、まだ誰《だれ》か起きているのか一階の明かりがついていた。

長い時間ぼんやりと考えていたように感じたけれど、土間《どま》にかけられている壁《かべ》時計を見たら、まだ十一時半だった。ここでは小学生の就寝《しゅうしん》時間は九時半、中学生は十時半と一《いち》応《おう》決まっているが、さほど厳《きび》しくない。とくに中学生は大目に見てもらえる。

台所の水道水をコップに注いで飲みながら和室に入ると、そこにいたのはイズミだった。長机《ながづくえ》に向かって猫背《ねこぜ》でシャーペンを走らせていたが、気配を感じたのかギョッとした顔をこちらに向ける。僕《ぼく》に気づくと、もう、とほっとしたような怒《おこ》ったような顔になった。

「びっくりさせんな」

イズミはそう言ったが、べつにびっくりさせるつもりなんてなかった。いつも強気なイズミがビビった顔を見せたので、内心で笑ってしまう。

「なにやってんの？」

「数学だけど」

胡座《あぐら》の足を組《く》み替《か》えながら、イズミは面倒《めんどう》くさそうに言った。僕《ぼく》と違《ちが》って、イズミは数学が大好きなようだ。

「すげー。尊敬《そんけい》しかない。毎晩《まいばん》こんなに遅《おそ》くまでやってるとか？」

「毎晩《まいばん》じゃないけど、静かなところで集中できるのってこの時間帯だけじゃん」

「タフすぎだろ」

「六時間寝《ね》られたら十分」

イズミが首を回すと、ポキポキと枯《か》れ枝《えだ》が折れたような音が聞こえて、僕《ぼく》は顔を歪《ゆが》めた。

「お二人さん、遅《おそ》くまでしゃべってるのね。そろそろ休んだらどうですか」

声がして振《ふ》り返《かえ》ると、まいまいだった。起きてたんだ、と僕《ぼく》が言うと、一応《いちおう》、全員が寝《ね》静《しず》まるまでは起きてますよ、とまいまいは言ってあくびをした。

まど兄とばんちゃんは、ここから歩いていけるところに家を借りて住んでいるが、まいまいは三階の女子スペースに娘《むすめ》の音夢《ねむ》とイズミと一緒《いっしょ》に暮《く》らしている。三階には鍵《かぎ》がないと入ることができないので男子にとっては未踏《みとう》の場なのだが、二階と同じくらいの広さを三人で使えるなんて、女子はいいなと勝手にうらやんでいた。

「そろそろ寝《ね》るかな。ああ、疲《つか》れたー」

イズミは大きく両腕《りょううで》を天に向かってのばす。

「そうだ、早く寝《ね》ないと。明日、朝から斉藤《さいとう》さんの畑にも行くことになったし」

「サイトウさん？」

僕《ぼく》はまいまいに聞き返した。

「あれ、二人はまだ会ってないんだっけ。斉藤《さいとう》さん、川の向こうの崖《がけ》の上におうちがあるの。すっごく楽しいおばちゃんよ」

「ふうん、おばちゃん」

イズミはさほど興味《きょうみ》なさそうにうなずく。

「おばあちゃんって言ったほうがいい年齢《ねんれい》かもしれないね。本当に楽しい人なの。楽しいだけじゃなくて、いろんなことを知っているの。昔、そういうお仕事をされていたのか、布《ぬの》を織《お》ったり縫《ぬ》ったりも上手で、手先が器用なの。パッチワークや染物《そめもの》なんかもおうちに飾《かざ》ってるわ。ここの子どもたちに教えに来てくれたこともあるし、畑もやっていて、一人じゃ食べきれないからって収穫《しゅうかく》もさせてくれるんだよ。もちろんこちらも畑のお手伝いはしているんだけど」

まいまいは説明した。

「その斉藤《さいとう》さんちの畑の手伝いをするわけか、明日」

「そうよ。日が高くなると暑くなるから、朝早い時間にね。だから、よし、寝《ね》ましょう」

まいまいは僕《ぼく》とイズミを手で促《うなが》すようにした。


斉藤《さいとう》さんの家は、いつも遊んでいる川の向こう側、急な斜面《しゃめん》の上に立っていた。斜面《しゃめん》を登って行けないこともなさそうだが、危《あぶ》ないのでダメだと言われている。渓谷《けいこく》にかかる橋を渡《わた》り、U《ユー》の字を描《えが》くようにして行くとたどり着いた。

このあたりは門や塀《へい》がない家もたくさんあり、渓谷《けいこく》の雑木林《ぞうきばやし》の一角にある斉藤《さいとう》さんの家もそうだった。

「こんにちはー、斉藤《さいとう》さん。毎田《まいだ》でーす」

まいまいは玄関《げんかん》の戸を二度ノックして叫《さけ》んだ。インターフォンはないのだろうかと見回すと、ドアのそばにブザーのようなものがあったが、ガムテームに黒い手書きの文字で『こわれています。』と書かれてあった。

「はーい。お待ちしてましたよ」

歌うような声とともに玄関《げんかん》の戸が開くと、たしかにおばさんというよりも、おばあさんという年齢《ねんれい》に見える人が出てきた。

最初に見た瞬間《しゅんかん》、女性《じょせい》のお笑い芸人の人に似《に》ていると思った。キレ芸を売りにしているけれど、真顔が笑っているような顔だから、キレてもちっとも怖《こわ》くない。短いもしゃもしゃした髪《かみ》は真っ白なので、そのお笑い芸人がおばあさんになるとこんな感じかもしれない。

「ごめんなさい、ちょっと遅《おそ》くなっちゃいました」

「いいのよ、べつに用事なんてないんだし。暑いから、中に入って」

「先に新メンバーを紹介《しょうかい》させてください」

まいまいはそう言って、僕《ぼく》とイズミを紹介《しょうかい》した。斉藤《さいとう》さんは僕《ぼく》たちを交互《こうご》に見るようにし、うんうん、と目を細めてうなずく。細縁眼鏡《ほそぶちめがね》の奥《おく》の細い垂《た》れた目は、笑うと線で描《えが》いたように弓形になった。

「野菜の収穫《しゅうかく》なんてしたことある？」

斉藤《さいとう》さんが僕《ぼく》とイズミに訊《き》いた。どっちが先に答えるのか迷《まよ》っていたら、イズミが口を開いた。

「小学校の時に、授業《じゅぎょう》の一環《いっかん》で近所の菜園でさつまいもを育てていたので」

「へえ、近所に畑があったの」

「ビルの屋上にあったんで畑って感じじゃなかったけど」

「ずいぶんと都会の子なのね」

斉藤《さいとう》さんは驚《おどろ》いた。

「そんな都会に住んだことないから、一度住んでみてえな」

「銀河《ぎんが》の家って、埼玉だっけ？　うらやましがるほど田舎《いなか》でもないでしょう。それに山手《やまのて》線《せん》内だからって、べつにいいことない」

肩《かた》をすくめたイズミを見て、音夢《ねむ》は苦笑した。

「ないものねだりね。あたしは、海のそばに住んでる人がうらやましいな。ずっと川を見てきたから、その先の、大きな海が広がる世界に憧《あこが》れるんだ。あたしのおばあちゃんが、高知出身で、今はそこに戻《もど》って暮《く》らしてるから、休みの時に遊びに行くんだけど、桂浜《かつらはま》って、砂浜《すなはま》が広がっててすごく広いの。気持ちいいんだよ」

「へえ、四国は行ったことがないわ」

斉藤《さいとう》さんは興味深《きょうみぶか》そうに小さな目を見開く。

「いいところですよ。母はこっちでずっと忙《いそが》しくしていたので、今は一人で気楽に楽しそうに暮《く》らしてます。運がいいと、浜辺《はまべ》から鯨《くじら》が見えるって、双眼鏡《そうがんきょう》を買ったりして」

まいまいのお母さんは、リタイアして違《ちが》うところに住んでいると言っていたけれど、そうか、高知にいるんだ。僕《ぼく》も四国は行ったことがないけど、浜辺《はまべ》から鯨《くじら》が見えるなんていいなと思う。

「海、いいわねぇ。おばちゃんも海のそばで育ったから、たまに恋《こい》しくなるのよ。遠い、南のほう。帰りたくてもなかなか帰れないくらい。だから、ちょっと恋《こい》しくなる。でもね、ここも好きよ。川もあるし、森もあるし」

斉藤《さいとう》さんがそう言うのを聞いて、僕《ぼく》は不思議な気持ちになった。いろんなところに住んでいた人たちが、ここに集まっているということ。どういうわけか出会って、どういうわけか、一緒《いっしょ》に畑仕事をしていること。よくよく考えると、おもしろい。

斉藤《さいとう》さんの家は古い平家で庭が広かった。というか、雑木林《ぞうきばやし》とつながっているので、どこからどこまでが庭なのかわからない。家の裏《うら》にまわると、畑があった。僕《ぼく》もイズミと一緒《いっしょ》で幼稚園《ようちえん》の時にどこかの畑でさつまいも掘《ほ》りをした記憶《きおく》があるが、それくらいで農作業なんてほぼ初めてだから、土の上を長靴《ながぐつ》で歩くのさえ難《むずか》しい。

まずはじゃがいもから取りかかった。土の上には少し枯《か》れてしなびた葉っぱが出ていて、それがじゃがいもだと斉藤《さいとう》さんに教えてもらう。

「じゃがいもは葉っぱが枯《か》れてからが収穫時《しゅうかくどき》なんだよ」

斉藤《さいとう》さんは大きなフォークみたいなものを持ってくる。熊手鍬《くまでぐわ》という、土を掘《ほ》り起《お》こす道具らしい。使い方を教えてもらうが、思っていた以上に重くて足がぐらついた。あはは、と笑って斉藤《さいとう》さんは鍬《くわ》を僕《ぼく》から取り、こうするの、とやってみせる。

「葉っぱの横あたりに熊手を差《さ》し込《こ》んで上にひっぱるように。その時にじゃがいもを傷《きず》つけないで。周りの土ごと掘《ほ》り起《お》こすの、こんなふうに」

よいしょ、という軽い掛《か》け声《ごえ》とともに鍬《くわ》は地面に打たれて、くいっと引き上げると、土のかたまりが盛《も》り上《あ》がった。僕《ぼく》よりも小柄《こがら》なのに、少しも鍬《くわ》が重そうではない。足もぐらついていない。

向こうのほうで声がすると思ったら、また銀河《ぎんが》と寛太《かんた》が喧嘩《けんか》している。わざと土をかけてきたとか、お前が邪魔《じゃま》なところにいるからだとか、聞こえてくるワードだけで、くだらない喧嘩《けんか》だとわかる。

「またあいつら」

イズミがあきれたように言った。

「本当にガキだな」

「寛太《かんた》って幼稚《ようち》で荒《あら》っぽいんだよね。また銀河《ぎんが》がいちいち寛太《かんた》の挑発《ちょうはつ》に乗るからいけない」

「寛太《かんた》、たぶん誰《だれ》よりも他人と関わりたいんだろうな。あいつって、すぐに上から目線でものを言ってくるところがあるけど、悪いやつじゃないんだ。うまく説明できないけど」

「相手を試しているんだと思うんだよね」

「試す？」

「自分を受け入れてくれる人を探《さが》しているっていうのかな。たぶん寛太《かんた》って、この年齢《ねんれい》になればわかるような、人との距離感《きょりかん》を測《はか》る定規《じょうぎ》をうまく使えていないんだよ。もしくはその定規《じょうぎ》の目盛《めもり》、一般的《いっぱんてき》なものよりも大雑把《おおざっぱ》に作られているっていうか」

イズミは淡々《たんたん》と言った。

「イズミって、頭がいいんだな」

「なんだよ、急に」

「俺《おれ》がなんとなく考えていたこと、イズミがそのまま言葉にするんだもん」

「そう？」

「俺《おれ》の父親って、まあまあ頭がいいらしいんだ。公認会計士《こうにんかいけいし》やってるし。勉強ができたうえに高校時代はラグビー部の主将《しゅしょう》やってたんだって。なのに、俺《おれ》って数字がとにかく苦手で算数も数学も無理なわけ。さらに人づきあいも苦手で、普通《ふつう》に友達としゃべったりはできるけど、たとえば授業中《じゅぎょうちゅう》に手を挙げて発言するとか、応援団《おうえんだん》やるとか、学級委員長に立候補《りっこうほ》するとか、絶対《ぜったい》に嫌《いや》なんだ。そういうのを、父親は気に食わないんだろうな。俺《おれ》のこと、頭が悪そうって思ってる。思ってるだけじゃなくて、言ったりもするんだけど。もし俺《おれ》がイズミなら、父親は喜《よろこ》んだかもな」

それを聞いて、イズミは顔を歪《ゆが》めて首をかしげてから、真顔に戻《もど》してこちらを見た。

「なんだよ、それ。それだけ自分語りできるんだから、あんただって、そう悪くないと思うけど」

「おーい、茄子《なす》とピーマン採《と》るよー」

いつのまにか畑の奥《おく》にいた斉藤《さいとう》さんが、こちらに向かって手招《てまね》きしている。話の途中《とちゅう》だったが、イズミはそちらに向かって進んでいった。

このフリースクールは、どういう経緯《けいい》でできたんだろう。まいまいのお母さんが立ち上げたというのは最初の日に聞いたけれど、詳《くわ》しく知りたくなった。

それで僕《ぼく》は、夕飯の片付《かたづ》けの時にまいまいに訊《き》いた。

「わたしが小学生の頃《ころ》に、いわゆるイジメっていうのかな、リーダー的な子に睨《にら》まれて意地悪されるようになって、学校に通えなくなったの。一度不登校になると、クラス替《が》えでその子と離《はな》れても、嫌《いや》な場所になっちゃってね」

食器を洗《あら》いながら、まいまいは話す。ぼくはまいまいが洗《あら》い終えた食器を布巾《ふきん》で拭《ふ》きながら言った。

「まいまいにも、そんな時期があったんだ」

「その頃《ころ》は今よりも不登校の子が少なかったから、特別視《とくべつし》されちゃうのよね。学校に代わる場所もあまりなかったみたい。母はじつは若《わか》いころに学校の先生をしていて、わたしを産んでから専業主婦《せんぎょうしゅふ》をしていたのね。最初こそ娘《むすめ》のわたしのためにいろいろ調べていたんだけど、そのうち、オルタナティブスクールという存在《そんざい》に着目しはじめたみたい」

「オルタナティブスクール？」

「学校に代わる学校という意味なんだけど、六十年代から青少年の非行《ひこう》が増《ふ》えたアメリカで広まって、七十年代ごろには日本にも入ってくるようになった。まだ数は少なかったけれど、今後こういう場所が必要になってくると感じていた教育現場《げんば》の人は少なからずいて、母もそういうミーティングがあると知れば参加するようになったんだって」

「それで、ここを作っちゃったんだ？　どうして寮《りょう》にしたの？」

「ほら、うちの母は高知の人でしょう。時代もあったんだろうけど、向こうでは近所の人たちと毎晩《まいばん》のように一緒《いっしょ》にご飯を食べたり、そのまま寝《ね》ちゃったりしたんだって。そういう環境《かんきょう》の中で育ったのはよかったって思っていたみたい。同じ釜《かま》の飯を食べるって言葉があって、すでに死語みたいだけど、そういうことの効能《こうのう》ってあるって信じている人なの。同じ場所で、同じご飯をおしゃべりしながら食べるでしょ。ただそれだけで心と心が通じ合うような。そんな魔法《まほう》みたいな効能《こうのう》を……。いまの子どもたちには、それが必要だと考えたのね。心が通じ合う友達ができるって、みんながよくやっているゲームでいうところの、チートアイテムをゲットできたようなものじゃない。いやなことやつらいことがあって、その友達に話を聞いてもらったりしているうちに、復活《ふっかつ》できたりするの。ただ、最初は批判《ひはん》も多かったしたいへんだったみたいだけどね」

「同じ釜《かま》の飯……ふうん。まいまいも、信じてる？」

「そうね。信じているから、継承《けいしょう》しようと思ったのかな。不登校の子だった自分が教師《きょうし》の道に進んだのも、母の影響《えいきょう》だよね。それもこれも、自分が住んでいる場所で、母が働く姿《すがた》を見てきたからだと思う。母がそういう人だから、わたしの父ともぶつかるようになって、離婚《りこん》したのよ。わたしも結局中学校を辞めてここを継承《けいしょう》することになって音夢《ねむ》の父親だった人と離婚《りこん》したんだから……そんなところまで真似《まね》しなくていいって母に言われたものだけど、血は争えないわね。って、薫《かおる》に、いったいなにを話しているんだか」

苦笑するまいまいを見ながら、大人もたいへんだなと思っていると、「人生、百戦錬磨《れんま》ってやつだな」と、背後《はいご》で声がした。銀河《ぎんが》だった。

「あー、立ち聞きしたな」

まいまいが言うと、銀河《ぎんが》は肩《かた》をすくめた。

「でも、前に聞いたことあったよ。なあ、ばんちゃん」

銀河《ぎんが》は和室で洗濯物《せんたくもの》を畳《たた》んでいたばんちゃんに言う。ここでは内緒話《ないしょばなし》はできないわね、とまいまいはぼやいた。

「そんなまいまいだから、ここは成り立ってるんだよな」

ばんちゃんが言った。

まいまいはまんざらでもなさそうに、ばんちゃんに聞き返す。

「あら、そう思う？」

「だって、ここに来る子どもたちはいろんな事情《じじょう》を抱《かか》えていることが多いじゃないですか。なんていうか、酸《す》いも甘《あま》いも知っている大人だから受け止められることってあると思うんです。俺《おれ》みたいな、ザ・平凡《へいぼん》な人生を送ってきたやつだと心許《こころもと》ないかなって思いますもん。小中高と公立に進んで、大学で教職《きょうしょく》とって、普通《ふつう》に先生になろうかなと思ったけど、たとえばスポーツするにしてもどれもたいして長続きしない俺《おれ》がなにを教えられるんだろうって思っちゃって」

「自分にできることはなんなのかを探《さが》してるばんちゃんの姿《すがた》に好感が持てたの。だから、生《は》え抜《ぬ》きでここで働いてもらうことになったんだ」

まいまいの言葉に、ばんちゃんは照《て》れ臭《くさ》そうに後頭部をかいていた。

そんな話をしていると、水曜日の夜の恒例《こうれい》である（週の真ん中まで来たというブレイクタイムらしい）まど兄のピアノタイムがはじまった。どこかで聞いたことのあるポップスをまど兄が弾《ひ》いて、歌える子が歌う、というものだ。誰《だれ》かがあれ弾《ひ》いてとリクエストしたものも、まど兄が知っていれば弾《ひ》いてくれる。

「まど兄は若《わか》い頃《ころ》、ジャズのピアニストを目指してたんだって」

「だから、あんなにうまいんだ」

まいまいとばんちゃんはその場を離《はな》れて、銀河《ぎんが》と二人、ピアノを弾《ひ》くまど兄の姿《すがた》をながめながら話した。あんなにうまくて、プロにもなれそうなのに。

「なんで、ここで働くことになったんだろう」

「まいまいがスカウトしたって言ってた。先生たちの研修会《けんしゅうかい》で知り合ったんだって。飲み会があって、酔《よ》っ払《ぱら》ったまど兄が、その店にあったピアノを弾《ひ》きはじめて、その腕前《うでまえ》にまいまいは驚《おどろ》いたって。先生としていいじゃんって思ってたら、ピアノもスゲーじゃんってなり、ぜひツリースクールで！　みたいな」

「銀河《ぎんが》って、情報通《じょうほうつう》だな」

「料理作りながらしゃべるんだよ。ばんちゃんも、ザ・平凡《へいぼん》な人生だなんて言っているけど、中学二年からほとんど学校に通えなかったんだって。面と向かい合うとしゃべりにくくなるけどさ、じゃがいもむいたり、大根を銀杏《いちょうぎ》切りしながらだと、なんかペラペラとしゃべっちゃうんだよな」

料理をさほどしない僕《ぼく》には、ピンと来なかったけれど、そういうものなのだろう。

「銀河《ぎんが》、なんでそんなに料理が好きなの？　家でもしてたのか？」

「まさか。こっちに来てから。作ったものをおいしそうに食べてもらえると嬉《うれ》しいもんじゃん。それにさ、料理してると、余計《よけい》なことを考えなくなるから、それもいいんだよ」

「余計《よけい》なことって？」

「俺《おれ》、たまに嫌《いや》な夢《ゆめ》を見るんだわ。その夢《ゆめ》が、昼間でも急に頭に浮《う》かんだりして、ぞっとするんだ。でも、料理していると、思い出さないですむ。無心でキャベツを刻《きざ》んでるところに、そんな夢《ゆめ》は入《はい》り込《こ》んでこないわけ」

「夢《ゆめ》なのに、そんなに怖《こわ》いのか？」

「怖《こわ》いよ。夢《ゆめ》じゃないかもしれないから」

銀河《ぎんが》はいつもと変わらない表情《ひょうじょう》で、さらっと言った。

十四歳《さい》 秋

九月。大型《おおがた》の台風が関東に上陸した。中心気圧《きあつ》は九百ヘクトパスカルを超《こ》えて、猛烈《もうれつ》な暴風雨《ぼうふうう》を撒《ま》き散《ち》らしながら、時速二十キロという速度で日本列島を縦断《じゅうだん》した。
普段《ふだん》はあまりテレビをつけっぱなしにしないが、ニュースの情報《じょうほう》を得《え》るためと、外に出られないから暇《ひま》している子どもたちの娯楽《ごらく》のために、和室の端《はし》っこに置かれたテレビは珍《めずら》しくずっとついていた。線状降水帯《せんじょうこうすいたい》ができるたびに、緊急速報《きんきゅうそくほう》が入った。緊急《きんきゅう》の速《そく》報《ほう》なんてたいていよくないニュースだからなのか、あのピロロンピロロン、という音は不《ふ》穏《おん》に感じられて好きじゃない。明るく楽しい音にすると聞《き》き逃《のが》してしまうのかもしれないから、しかたがないのだろう。荒《あ》れ狂《くる》った風と雨で斜《なな》めっている森を窓《まど》ガラス越《ご》しにしながめながら、ぼんやりと思う。
ここに来てすぐの頃、川と森で遊ぶうえで守ることをまど兄が真面目《まじめ》な顔で話した。その日によって立ち入っていい場所を伝えるので、それ以外の場所に勝手に行かないこと。とくに川はその日によって状態《じょうたい》が変わっていることがあるので、いつもと違《ちが》うなと思ったら近づかないこと。自然はふところが大きいぶん、人間の手に負えない恐《こわ》さを持っていることを忘《わす》れないようにと。

こんな台風を見ていると、その言葉の意味がよくわかる。

台風というと思い出すのが、数年前の台風十九号だ。気になって調べてみると、二〇一九年だった。衛星《えいせい》から撮影《さつえい》された画像《がぞう》を見ると、太平洋を覆《おお》うほどの巨大《きょだい》な台風で、上陸する数日前からテレビでしつこいくらいに注意勧告《かんこく》が流されていた。あるテレビで気象《きしょう》予報士《よほうし》の人が冥王星《めいおうせい》と同じくらいの大きさだと言っていて、冥王星《めいおうせい》の大きさがわからないけど、とりあえずすごそうだと思った記憶《きおく》がある。

実際《じっさい》にその台風の被害《ひがい》は相当大きかったようで、令和元年東日本台風という名前が付けられていた。こんなことをあまり大きな声で言ってはいけないのかもしれないけれど、その当時の僕《ぼく》とセアは、冥王星《めいおうせい》レベルの超大型《ちょうおおがた》台風がやってくるのをワクワクしながら待っていた。セアを僕《ぼく》の部屋に呼《よ》んで、バーベキューの時に使う小さなテントを一緒《いっしょ》に組み立てた。窓《まど》の外でする地響《じひび》きみたいな暴風《ぼうふう》の音を聞きながら、テントの中で非常用《ひじょうよう》のラジオを流したりお菓子《かし》を食べたりするのは最高に楽しかった。ものすごく安全な場所にいるのに、冒険《ぼうけん》しているような気分になれるのだから、楽しくないわけがない。

たった数年前のことだ。楽しくてしかたがなかったという記憶《きおく》が残っていて、たしかに現実《げんじつ》にあった出来事なのに、その時に一緒《いっしょ》にいたやつはもうこの世にいないから、すべてが自分が頭の中で作り上げた物語のワンシーンのように思えてしまう。

そのせいか、大きな台風が来ても、僕《ぼく》はもうワクワクしなくなっていた。胸《むね》が痛《いた》くなるだけなのに、斜《なな》めっている森を見ながら、そんな現実《げんじつ》だか夢《ゆめ》だかわからない思い出ばかり脳裏《のうり》に再現《さいげん》されてしまうのだった。

台風が過《す》ぎた後、森は秋色になっていた。


朝起きて一階に行くと、土間《どま》の縁《ふち》に腰掛《こしか》けてイズミがスマホをじっとながめてため息をついていた。この時間帯、朝が弱いイズミは、いつもなら和室でアイドリングタイムと称《しょう》してごろごろ寝転《ねころ》がり、ばんちゃんに朝ご飯の準備《じゅんび》を手伝ってーなどと言われたりしているのが定番なので、なんだかいつもと違《ちが》う感じがしたし、そもそも朝食前にスマホを見ていることが珍《めずら》しかった。

「スマホを見ながらため息なんて、もしや恋煩《こいわずら》い？」

イズミの後ろを通りかかったばんちゃんが、僕《ぼく》の気持ちを半分読み取ったように言っていた。

「そんな楽しいことじゃないよ。年一の父親からのメール見てるだけ」

イズミはそう答えた。

「お父さんから？　っていうか、年一なのか？」

「うちの親、離婚《りこん》してるの。誕生日《たんじょうび》にだけお祝いメールが届《とど》くんだよね」

「おお、そうだったな。っていうか、イズミ、今日が誕生日《たんじょうび》だ！　おめでとう！　あっ、薫《かおる》、おはよう。イズミ、誕生日《たんじょうび》だって」

こちらに気づいたばんちゃんに振《ふ》られて、盗《ぬす》み聞《ぎ》きしていたのがバレたようでちょっと気まずい。

「ふーん、おめたん」

そっけなく言うと、どーも、とイズミもそっけなくあしらった。

「ばんちゃん、塩がなくなったー」

台所から出てきた銀河《ぎんが》に言われて、はいはい、とばんちゃんは台所に向かった。

「イズミ、誕生日《たんじょうび》らしいよ」

僕《ぼく》から銀河《ぎんが》に伝えた。

「へえ、おめでと」

「はい、どーも」

「イズミの親って、離婚《りこん》してたんだ？　じゃあ、ここに来たとき送ってくれてたのって、お父さんじゃないの？」

僕《ぼく》が訊《き》くと、あれは母親の再婚《さいこん》相手、とイズミは答えた。

「わたしが五年生の時に、母がお腹《なか》に赤ちゃんがいるとか言って再婚《さいこん》して、わたしが六年生の時に母は弟を出産、からの二人目育児。受験生のわたしはノーフォロー」

「それで第一志望《しぼう》に入ったんだ。ほんと、勉強が趣味《しゅみ》なのか」

「悪い？」

「おい、なんか混《こ》み入《い》った話してんな」

僕《ぼく》とイズミの会話について来られていないのか、銀河《ぎんが》が知りたがるように入ってくる。

「あれか、新しい父親と弟に気を遣《つか》ってここに来たとか？　優《やさ》しそうな人に見えたけど」

銀河《ぎんが》に説明するのが面倒《めんどう》だから、かまわずイズミに言った。

「薫《かおる》って悪意のない顔で、きついこと言ったりするよね」

「えっそう？」

「優《やさ》しい人だよ。まじでいい人。毎日朝ご飯と夜ご飯を作ってくれるし、それもお母さんより全然うまい。かわいい弟の世話だって、潤《じゅん》さん……って、新しい父親の名前ね、潤《じゅん》さんのほうがやってるっぽいし。それにわたしが、母親の新しい家族のために健気《けなげ》に身をひいたりすると思う？」

「するわけないか……って思わせておいて、じつはしそうだからさ」

「ああ、言っちゃった。薫《かおる》ってさ、空気は読まなそうな顔して、人の気持ちを見透《みす》かすところがあるよな。油断《ゆだん》できねえわ」

話の流れがわかってきたのか、銀河《ぎんが》が入ってきた。が、なんだか聞き捨《ず》てならないことを言われて、僕《ぼく》は眉間《みけん》に皺《しわ》を寄《よ》せた。

「そんなこと……」

「あるよね、あるある。わたしも最近気づいた」

イズミも同意して、二人は勝手に結託《けったく》する。あまりにも心当たりがなくて、僕《ぼく》は憮然《ぶぜん》とした。

「それで、なんで実の父親からお祝いメールもらってため息ついたりしてるんだよ」

どうにか話の矛先《ほこさき》を変えたくてそう言うと、イズミがスマホの画面をこちらに向けた。

――――14歳《さい》、お誕生日《たんじょうび》おめでとう！

「父親からのメッセージ」

イズミは言った。

「なに？　短すぎるってこと」

銀河《ぎんが》が訊《き》いた。

「届《とど》いた時間、〇時すぎてすぐでしょう。日付が変わると同時に送られてくるの、毎年」

「優《やさ》しいじゃん」

僕《ぼく》は感心してそう言った。親の気持ちなんてわからないが、毎年日付が変わると同時にお誕生日《たんじょうび》おめでとうとメッセージを送るというのもなかなかできることじゃない……ように思うけれど、イズミは表情《ひょうじょう》をくもらせている。

「誰《だれ》よりも先にお祝いを伝えたいというのが、いじらしいよね。せつなくなるわ」

「せつない？」

銀河《ぎんが》は首を傾《かし》げて聞き返した。

「いろいろ考えちゃうんだよ。あの人にしても、しばらく会っていない娘《むすめ》とどんなやりとりをしていいのかわからないはずでしょ？　だから寝《ね》ているだろう深夜に送っているのかも、とか。すぐに返信が来なければ、よけいな会話をしなくてもいいし……とか、勘《かん》ぐりたくなるっていうか」

「読みが深いな」

僕《ぼく》は言った。

「けっこう当たっていると思うんだ。わたしは父親の遺伝子《いでんし》を受《う》け継《つ》いだ根暗だから、なんかわかるんだよ」

「複雑《ふくざつ》に考えすぎじゃねえの？　っていうか、なんだよ、遺伝子《いでんし》って」

銀河《ぎんが》のその言い方にはなぜか嫌悪感《けんおかん》がにじんでいると感じたが、イズミもむっとした表情《ひょうじょう》になった。

「あのねー。不都合な真実とかって言われているけど、実際《じっさい》のところ、人間のスペックのほとんどが遺伝《いでん》なんだよ。身体的な特徴《とくちょう》は九十五パーセント以上で、音楽的な才能《さいのう》や数学的なセンスも八十パーセントが親から受《う》け継《つ》いだものだって、ネットの記事で読んだ。性格《せいかく》はそこまでじゃないと書いてあったけれど、わかったものじゃない。つまり、カエルの子はカエル。さらにいえば、どちらかというとわたしって父カエルに似《に》てしまったの。生まれつき右足首がほとんど動かないのも、父と同じだし」

「そんなこと言ったら、すべて親ガチャってことか。遺伝《いでん》ゲーの運ゲーかよ。俺《おれ》はそんなの信じないね」

「信じないとかじゃなくて、真実なんだよ」

「科学者のつもりかよ、うぜえな」

そう言《い》い捨《す》てて、銀河《ぎんが》は向こうへと行ってしまう。

「なんなの、あいつ。急にマジギレされて意味不明」

「たしかに銀河《ぎんが》がなににキレたのかわかんないけど、あいつの言うとおり、考えすぎだと思うかな。おめでとうって来たんだったら、ありがとうって返せばいいじゃないの」

「返したよ、ありがとうって……こっちもその一言だけ。銀河《ぎんが》はさ、わたしが父親に似《に》たことを嫌《いや》がっているって勘違《かんちが》いしてあんな言い方をしたのかもしれないけど、べつにわたし、父親が嫌《きら》いなわけじゃないんだよ。むしろ自分と似《に》た人が、一人で寂《さび》しくしているのかなって想像《そうぞう》すると辛《つら》いってこと」

「だったら、もっと長いメッセージを送ったら？　お父さん、元気にしてますか、とかさ」

「なんか、それは無理っしょ。薫《かおる》、そんなメッセージを親に送れる？」

「俺《おれ》は……送らないけど」

「そういうこと」

イズミはすっくと立ち上がると、階段《かいだん》を上がっていった。


雨が降《ふ》っていたから、外に行けないし、勉強部屋ではまど兄が小学生たちに講義《こうぎ》をはじめていて、ばんちゃんが中一たちと銀河《ぎんが》に彫刻刀《ちょうこくとう》の使い方を教えていた。僕《ぼく》も呼《よ》ばれたがあまりやりたくなくて断《ことわ》った。イズミも数学をしたいと机《つくえ》に向かった。

自主的に勉強するイズミを見ていると、さすがに漫画《まんが》や本を読むのも気が引けて、僕《ぼく》も英語のテキストを開いた。イズミはここにいる子どもの中でもっとも長く勉強スペースで過《す》ごしているだろう。私立《しりつ》の進学校に通っていた頃《ころ》の成績《せいせき》はけっしてよくなかったのに、ここでは優等生扱《ゆうとうせいあつか》いされている、と本人は言っている。僕《ぼく》から見たら優等生《ゆうとうせい》で間違《まちが》いないから、イズミが通っていた学校のレベルの高さが想像《そうぞう》できる。

僕《ぼく》はというと、自学はまど兄と決めたスケジュールどおりに進んでいたけれど、間違《まちが》ってしまうことも多くなってきた。中学受験からは撤退《てったい》したし数学は壊滅的《かいめつてき》、理科も単元によってできることとできないことの差が激《はげ》しい。でも教科の中では、英語は嫌《きら》いじゃない。はずだったが……最近になって難《むずか》しくなってきた。進行形、比較級《ひかくきゅう》、動名詞《どうめいし》、関係代名詞《かんけいだいめいし》……覚えることは、次から次へと出てきて、簡単《かんたん》にわかることもあるし、何度説明されてもわからないこともある。

勉強って、なんのためにするんだろう。

今やっていることが、大人になるために、生きていくために必要なことなんだろうか。

強い風が吹《ふ》いて、窓《まど》の外で笛みたいな音が鳴る。高い杉《すぎ》の木が大きく揺《ゆ》れているのが見えた。

じゃあ、どうして僕《ぼく》たちはここにいるんだろう。森の中でなにをしているのだろう。

——勉強は森の中でやっているつもりやけどな。

ここに来てまもない頃《ころ》、まど兄が言っていた言葉が脳裏《のうり》に蘇《よみがえ》った。

「イズミ、だいぶ進めたな。雨が止みそうやから、外に出てもいいぞ」

まど兄がイズミのノートをのぞき込《こ》んでいて、その後ろを小学生たちがわいわいとしゃべりながら勉強部屋を出ていく。薫《かおる》はどうや、とイズミの隣《となり》のいた僕《ぼく》の手元も、まど兄はのぞき込《こ》む。

「おっ、関係代名詞《かんけいだいめいし》か。わかるか？」

「この間教えてもらったから、わかるようになった。でもやっぱむずい」

シャーペンのノックボタンを押《お》して無駄《むだ》に芯《しん》を出しながら、僕《ぼく》は言う。

「二人とも、あまり根《こん》を詰《つ》めんと。雨上がりの空気はええで」

「まど兄が外に出たいんでしょう」

「さすが、わかってんな」

「ねえ、まど兄」

僕《ぼく》が声をかけると、うん？　とまど兄は大きな目を見開くようにして聞き返す。

「なんや」

「前にさ言ってたよね、勉強は森の中でやっているって。俺《おれ》さ、ここに来て二か月経《た》つんだけど、ちゃんと学べてると思う？」

僕《ぼく》の言葉を聞いて、おう、と感心したようにまど兄は言った。

「薫《かおる》は、どうして今、そういう疑問《ぎもん》を持って俺《おれ》に訊《き》いたんや？」

「ここで勉強してて、なんのためにしてるのかなって、ふと思って。今やってることのなにが、大人になって必要になるのかなって」

「その、勉強は森の中でやっているって話をした時に、たしか俺《おれ》は、こうも言ったよな。自分で考えることが大事なんやって。それを学ぶのに、森はぴったりやって」

「うん、言ってた、そんなこと」

「薫《かおる》は、なんで今この勉強をしているのかって考えるようになったわけで、それはちゃんと森で学んでいるからなんちゃうか」

そう言われて、ふうん、と僕《ぼく》はただうなずいた。そんな僕《ぼく》の表情《ひょうじょう》を見て、まど兄は少しおかしそうに笑うと、向こうへ行ってしまった。

「一般的《いっぱんてき》なフリースクールというものを知らないけれど、ここは少々異端《いたん》じゃないかな。勉強しろと誰《だれ》も言わないし、勉強していると、そろそろ……と切り上げるように言われるくらいだし」

頰杖《ほおづえ》をついたイズミは、晴れた空を見上げるようにしてつぶやく。勉強部屋には僕《ぼく》とイズミだけになって、日がさして明るくなった部屋がさっきよりも広くなったように感じられた。

「そうだよな。学校に通っていた時は、それが当たり前で、それしか選択肢《せんたくし》はなくて、そこから外れたら人生詰《つ》んだも同然かもって思ってた。そんなことないよなって、ここに来て思うけど、たまにふと、これでいいのかって不安になることもあったり」

「ほんと、勉強ってさ、なんなんだろうね。勉強のことだけで不登校になるわけじゃないけど、とはいえ、中学生にとって勉強ってけっこう比重《ひじゅう》が大きいじゃん。それがどれくらいできるかって、友達関係でも重要だったりするじゃん」

「でも、イズミは勉強が好きなんだろう」

「好きだよ。新しいことを知るって楽しいもん。でもさ、楽しいだけじゃやっていけないことがあるって知ってる。うちの私立《しりつ》の学校でも、わたし以外にも、けっこう学校に来なくなった子がいたよ」

「どこでもいるんだな」

「たとえ第一志望《しぼう》に受かったとしても、入ってみたら合わないってことってあるんだよ。それに、勉強は嫌《きら》いじゃないのに、どんどん嫌《きら》いになっていくっていうパターンにハマりそうになるの。簡単《かんたん》に言うと、やることが多すぎ。でも、それをこなしていける子たちがいるって知った時の劣等感《れっとうかん》たるや」

「上を見たらキリがないじゃん」

「そうなんだけど、やっぱり悔《くや》しいんだよ。これでもずっと優等生《ゆうとうせい》できたもんだから。でも負けないで頑張《がんば》ろうと思うと、どんどん苦しくなった。なによりも、勉強が嫌《きら》いになりそうだった」

「それで、学校に行かなくなった？」

「それだけじゃないって思ってるけど、実際《じっさい》のところ、単純《たんじゅん》にそうだったのかな。逃《に》げただけなのかも」

そう言っているけれど、実際《じっさい》のところ、単純《たんじゅん》なんてことはないんだろうと僕《ぼく》は思った。なぜなら、僕《ぼく》だってそうだからだ。

「こっちだって逃《に》げてきたといえば、そうだよ。でも、逃《に》げられるのも、才能《さいのう》と言えないかな？」

「逃《に》げる才能《さいのう》ってなによ」

「もし逃《に》げられないままだったら、俺《おれ》はまだ家の中に引きこもっていたんだろうなって思うからさ」

「そう言われると、そうかも」

「だろう？」

こんなふうにここで二人だけになることはけっこうあって、だけど、セアのことはまだイズミにも、誰《だれ》にも話せていなかった。もしかするとイズミにも、そういう秘密《ひみつ》があるのかもしれない。

開け放った窓《まど》の向こうから、お昼ご飯をお願いしている地元のパン屋さんが配達に来てばんちゃんが対応《たいおう》している声が聞こえてくる。外で金槌《かなづち》を叩《たた》く音と、誰《だれ》かの話し声、笑い声。この寮《りょう》の隣《となり》にウッドデッキを作ることになったから、みんなで作業をしているのだろう。外に出ようかな、と思っていたら、イズミが先にノートを閉《と》じた。

「こんな話したら、勉強する気なくなっちゃった」

「作業するか?」

「斉藤《さいとう》さんのところに行こうかな」

「好きだな。週に何回行くんだよ」

「いいでしょう、斉藤《さいとう》さんだって行けば喜《よろこ》んでくれるんだから」

どうも斉藤《さいとう》さんの家は女子を引《ひ》き寄《よ》せる磁場《じば》が強いのだろう。音夢《ねむ》もよく通っていたらしい。なにをしに行くのかと聞いたら、お菓子《かし》食べたり、お茶飲んだり、おしゃべりしたり、と言っていた。最近は音夢《ねむ》が受験勉強で忙《いそが》しいから、イズミ一人のようだけど。

「行ってみようかな、一緒《いっしょ》に」

一緒《いっしょ》に？　とイズミは驚《おどろ》いて聞き返したが、意外と嬉《うれ》しいのか、まあいいけど、とうなずいた。


「こんにちはー」

古い木戸をトントンと叩《たた》き、声をかける。ほどなくして、斉藤《さいとう》さんは開けてくれた。

「いらっしゃい」

「いいですか」

「あら、今日は薫《かおる》くんも一緒《いっしょ》なのね」

「おじゃまします」

「ちょうど小豆茶《あずきちゃ》を作ったところだったわ」

「小豆《あずき》のお茶？」

なんか甘《あま》そうで不味《まず》そう、と思ったのが顔に出ていたのか、イズミは肘《ひじ》で僕《ぼく》の腕《うで》をこづいた。

「斉藤《さいとう》さんが淹《い》れてくれるの、すっごく美味《おい》しいんだから」

イズミはまるで自分のことのように自信満々《まんまん》に言い切り、自分の家のように中に入る。靴《くつ》のまま土間《どま》に入り、そこに置かれた食卓《しょくたく》の椅子《いす》にイズミは座《すわ》った。

「なんで、このあたりの家って土間《どま》があるんだろう」

「畑でとってきた農作物を置いたり作業したりするのに、土間《どま》は便利だからよ」

なんとなくつぶやいたことに、斉藤《さいとう》さんは答えてくれた。なるほど、そうなのか。

「斉藤《さいとう》さん、なんでも知ってるよね」

「そんなことないわ。イズミちゃんのほうが物知りじゃないの」

「わたし、布《ぬの》を織《お》ったり染《そ》めたりできないよ」

部屋の中を見回すイズミを見て、僕《ぼく》も視線《しせん》を動かした。土間《どま》より高くなった和室の壁《かべ》や棚《たな》には、いろんな巾着《きんちゃく》や小物入れ、きれいな布《ぬの》などが飾《かざ》られていた。

まいまいから教えてもらった話では、斉藤《さいとう》さんは畑仕事のほかに、家で織物《おりもの》をしたり、織《お》った布《ぬの》を染《そ》めたりしていて、どこかのお店にも卸《おろ》して販売《はんばい》もしているらしい。

「薫《かおる》くんはところてんは好きかしらね？」

「ところてん？　ああ、はい」

「天草《てんぐさ》が安く売っていたからね、いっぱい作ったのよ」

「テングサ？」

「天草《てんぐさ》って海藻《かいそう》だよ。それを煮《に》てところてんを作るの。薫《かおる》って、なんにも知らないんだから」

イズミがえらそうに言うので、うるせー、と言い返した。

「斉藤《さいとう》さんのところによく遊びに来ているからって、こんなとこでも知識《ちしき》のマウントを取ってくるなよ」

「マウントじゃないし」

そんなやりとりをしているのをおかしそうに見ながら、斉藤《さいとう》さんは湯呑《ゆの》みなどをのせたお盆《ぼん》を食卓《しょくたく》に置いた。

「そうだ、音夢《ねむ》ちゃんにも持っていってよ。あの子も好きなんだから」

「はーい」

「最近、音夢《ねむ》ちゃんは来ないわね」

斉藤《さいとう》さんは急須《きゅうす》を湯呑《ゆの》みに傾《かたむ》けながら言った。電気のついていない、窓《まど》から差《さ》し込《こ》む薄《うす》ぼんやりとした光の中で、斉藤《さいとう》さんそのものが影みたいに見える。

「音夢《ねむ》は地元の学校に通っているから、この時間は授業中《じゅぎょうちゅう》なんです」

「そうだったわ。はいどうぞ」

斉藤《さいとう》さんは小さな器を僕《ぼく》の手元に置いた。トロッと黒いものがのったところてんがガラスの器に盛《も》られていた。黒蜜《くろみつ》と教えてもらい、木のフォークですくって口に入れる。ひんやりと冷たい、そして甘《あま》い。小豆茶《あずきちゃ》は、小豆《あずき》みたいな匂《にお》いがした。ぬるくて、かすかに甘《あま》みもある。ぽってりとして土器っぽい湯呑《ゆの》みで飲むと、また美味《おい》しく感じられた。

「受験生だし、音夢《ねむ》は忙《いそが》しそうだよ」

イズミはフォークを口にくわえるようにして、そう言った。

「頑張《がんば》ってるのね」

「行きたい学校ができたみたいで、わかりやすく火がついた顔つきになっているよ。四国にある寮《りょう》のある学校。音夢《ねむ》のおばあちゃんの家からもそんなに遠くないみたい」

イズミと音夢《ねむ》は女子同士《どうし》、同じ部屋だし仲がいいから、音夢《ねむ》のことをよく知っているのだろう。

「なんでまた四国なんだろ？」

僕《ぼく》が訊《き》くと、親から離《はな》れたいんじゃない？　とイズミは答えた。

「そういう年頃《としごろ》なんだろうね。あなたたちはどうしてここに来たの」

そう訊《き》かれて、僕《ぼく》は隣《となり》を見る。イズミは首を傾《かし》げた。

「さっきもそんな話になったところだよ。わたしは学校の勉強についていけなかったっていうのがあるし、それと……」

「それと？」

やっぱり、まだあるのか、と思って僕《ぼく》は訊《き》いた。

「母親とちょっと離《はな》れたくなったっていうのもあるね。そういう意味では、音夢《ねむ》と同じなのかな」

「お母さんとはうまくいってないの？」

「そういうわけじゃないけど、一緒《いっしょ》にいるのがしんどいっていうか。わたしと違《ちが》ってすごく明るくてポジティブな人で、うちの母親の前では、わたしも陽キャじゃなきゃいけないの。陽キャじゃないと切られちゃうから」

「切られちゃうの？　陽キャじゃないと？」

斉藤《さいとう》さんが何歳《さい》なのか知らないが、今どきの言葉をわかっていると妙《みょう》に感心しながら、僕《ぼく》は二人のやりとりを聞いた。

「そういう人だってわかってるからいいの。そういうところも含《ふく》めて、うちの母親のことが好きだ。でも……あの人、わたしがいないほうが幸せなんじゃないかな」

「そんなこと言って……イズミちゃんがいないのはお母さんは寂《さび》しいはずよ。それでも、イズミちゃんの希望を叶《かな》えてあげようってことよ」

斉藤《さいとう》さんはそう言ってにっこりと微笑《ほほえ》んだ。

「あそこでの寮《りょう》生活だって、安くはないもんな。それはありがたいって思ってる」

そうそう、とイズミにうなずきかけてから、斉藤《さいとう》さんは僕《ぼく》のほうを見た。

「薫《かおる》くんは、どうしてここに？」

「僕《ぼく》は……なんていうか、友達とのことで、ちょっと」

「ちょっとってなに？」

イズミが訊《き》いた。

「なんていうか……」

「さっきから、なんていうか、ばっかり」

「いいよ、薫《かおる》くん。話したくなかったら話さなくても」

話したくないわけではなかった。誰《だれ》かに話してしまいたいという気持ちはいつもどこかにあった。ただ、うまく話せる自信がないだけ。ちゃんと、話さなくてはいけないと、自分でもわかっている。あの夜の出来事の、僕《ぼく》が知っているすべてを、セアの両親に。

「うまく言えないけど……逃《に》げてきたんです」

僕《ぼく》はところてんを口の中にかき込《こ》んで、喉元《のどもと》に引っかかるシコリみたいなものを胃《い》の中に落とした。

「わたしも薫《かおる》も、逃《に》げてきたの。逃《に》げるのも才能《さいのう》……なんだよね？」

「ってことで、いいんじゃないの」

さっきの話の続きになって、僕《ぼく》とイズミは苦笑し合った。

「だったらおばちゃんも一緒《いっしょ》だわ。おばちゃんも逃《に》げてきたの、遠い海を渡《わた》って」

斉藤《さいとう》さんは目をまん丸に見開いた。

「そうなんですか？」

僕《ぼく》が聞き返すと、斉藤《さいとう》さんはうなずいた。

「おばちゃんが生まれたのは、奄美大島《あまみおおしま》っていう鹿児島のほうにある島でね」

まいまいに初めてここに連れてきてもらった時に、そんな紹介《しょうかい》をされたことを思い出した。斉藤《さいとう》さんが作るものは、生まれ育った奄美大島《あまみおおしま》に由来するものなのだと。結婚《けっこん》するまでは、地元でこういう物を作っていたのだと。

「島にはノロっていう女の神人《かみんちゅ》がいてね。神人《かみんちゅ》って、こっちでいう神主《かんぬし》なのかな。豊穣《ほうじょう》を祈《いの》り、災厄《さいやく》を祓《はら》う。死者を弔《とむら》い、祖先《そせん》の御霊《みたま》を迎《むか》える。それがノロの務《つと》め。琉球《りゅうきゅう》の時に王に任命《にんめい》された家の女がその役目を果たすの。おばちゃんは、ノロの家だった」

「ノロの家って……たくさんあるの？」

イズミにとっても初めての話なのか、興味深《きょうみぶか》そうに聞いていた。

「ううん、島のノロはわずかなものよ。代々《だいだい》、その家の者が引《ひ》き継《つ》ぐことになっていた。おばちゃんもそうするつもりでいたんだけど……島を離《はな》れたのよね」

「どうしてですか」

僕《ぼく》は訊《き》いた。

「旦那《だんな》さんと結婚《けっこん》するため。旦那《だんな》さんは島の開発の仕事で来ていて、わたしと出会ったのよ。自分が島に移《うつ》り住《す》んでもいいから一緒《いっしょ》になると言ってくれていたんだけど、わたしの家が島の開発に反対していて、そこに携《たずさ》わる者と結婚《けっこん》するなんてもってのほかって許《ゆる》してもらえなかった。けっきょく駆《か》け落《お》ち同然で島を出たってわけ」

「駆《か》け落《お》ち!?」

僕《ぼく》とイズミは同じように叫《さけ》んでハモッた。

「そんなことって、リアルにあるんですか？」

「明治時代とかが舞台《ぶたい》のなにかのドラマで聞いたことがあったけれど、実際《じっさい》にした人に会うのは初めてだわ」

驚《おどろ》いた僕《ぼく》らの顔がおもしろかったのか、斉藤《さいとう》さんは手を叩《たた》いて笑った。

「そんなに驚《おどろ》いてもらったら、話したかいがあるわ。誰《だれ》にも見つからないように、荷物をまとめて、船に乗って、鹿児島で旦那《だんな》さんと落ち合って、そのまま東へと逃《に》げてきた。それでもう二度と島には帰れないようになったわけ。でもね、後悔《こうかい》はしたことないんだよ。全部を好きだと言ってくれる人と一緒《いっしょ》にいられて幸せだったもの。ちょっと早くに天国に逝《い》ってしまったのには怒《おこ》っているけどね」

「うわ、のろけられた」

イズミにちゃかされると、斉藤《さいとう》さんは両手を頬《ほお》に当てて照れるそぶりを見せるから、僕《ぼく》も笑ってしまった。

「逃《に》げたっていいと思う。人生には、そうしないといけない時もある。だから、そんな自分を責《せ》めたらダメよ。いつだって、自分は自分のことを愛してあげないと。それで、できたら自分の全部を好きって言ってくれる人と出会えるといいわ」

「駆《か》け落《お》ちなんて無理だと思うけど」

「べつに恋人《こいびと》じゃなくたっていい。自分を大切に思ってくれる、自分を必要としてくれる、そういう人ってこと」

苦笑まじりの僕《ぼく》に、斉藤《さいとう》さんは言う。イズミは思案するようにテーブルの上をぼんやり見つめていた。

「どうした?」

僕《ぼく》が訊《き》くと、いや、とイズミは眉間《みけん》に皺《しわ》を寄《よ》せた。

「お父さんの顔、思《おも》い浮《う》かんだ」

「お父さんって、本当のほうの?」

「そう。最後に会ったのが四年生の時で、ぼんやりした顔しか思い出せないんだけどね。斉藤《さいとう》さんにも話したよね、うちの親は離婚《りこん》しているって」

「言ってたわね」

「今日、わたしの誕生日《たんじょうび》だから、実の父親からお祝いメッセージが来たの。おめでとうって一言だけ。毎年、日付が変わると同時に送ってくるんだ。カエルの子はカエルっていうじゃん、わたしはお父さんに似《に》てるんだよね。お母さんに似《に》たらよかったのにって思うことがあるけど、自分と似《に》ているせいか、お父さんのこと、けっこう好きなんだ。たぶんお父さんもわたしと同じ気持ちなんだろうなって思ってるんだ」

「お父さんもイズミちゃんの全部が好きなはずよ。っていうか、誕生日《たんじょうび》なのね？　イズミちゃんの。それはたいへんだこと」

斉藤《さいとう》さんは驚《おどろ》いたように手を一つ叩《たた》いて立ち上がると、土間《どま》の三和土《たたき》でサンダルを脱《ぬ》いで和室に入っていく。そして棚《たな》のあたりでなにかを手にして戻《もど》ってきた。

「こんなものしかないけど」

「えっ？　なにこれ」

「だから、こんなものしかないんだよ」

「プレゼントってこと？　いいよ、いらないって。べつにお祝いしてもらいたくて言ったわけじゃないし」

イズミは両手を振《ふ》って断《ことわ》ったが、斉藤《さいとう》さんは目の前に立ってイズミの首にそれをかけた。ネックレスというやつか？　イズミは胸元《むなもと》を見下ろしていた。僕《ぼく》もそれを眺《なが》めた。それはミサンガみたいに編《あ》まれた細長い布《ぬの》のようなものが垂《た》れ下がり、裾《すそ》に小さな三角のフリンジがいくつかついていた。

「はい、蝶々《ちょうちょう》」

「これ、蝶々《ちょうちょう》なの？」

「そうよ。おばちゃんが作ったの。玉ハビルっていう首飾《くびかざ》り、ノロが身に着けるの」

「玉ハビル？」

「ハビルは島の言葉で蝶々《ちょうちょう》のこと。蝶々《ちょうちょう》って、死者の化身《けしん》で。神聖《しんせい》な存在《そんざい》で、これをつける者を守ってくれる。イズミちゃんを守ってくれるわ」

「もらってもいいの？」

そう訊《き》くと、斉藤《さいとう》さんはにっこり笑ってうなずく。

「薫《かおる》くんにはないの、ノロは女だけだから」

「あっ……いや……大丈夫《だいじょうぶ》」

「また今度ね」

斉藤《さいとう》さんはおもむろに手を上げたかと思うと、イズミの胸元《むなもと》のそれに指先をかざした。

そして目をつぶりながらごく小さな声でなにかを唱える。

イズミがハッとしたように目を見開いたので、どうした？　という目で僕《ぼく》は問いかけた。

イズミは首を横に振《ふ》る。

なぜだか斉藤《さいとう》さんは、すべてを見透《みす》かしたように微笑《ほほえ》んでいた。

お昼ご飯の時間が近くなって、斉藤《さいとう》さんの家を出た。寮《りょう》へ向かう道、イズミは何度もネックレスを手にしては矯《た》めつ眇《すが》めつしていた。

「嬉《うれ》しそうだな」

「プレゼントって、嬉《うれ》しいものだよ。しかも、守ってくれるなんて心強い」

「斉藤《さいとう》さんとイズミって、おばあちゃんと孫みたいなんだな」

「えっ？　そう？　おばあちゃんって存在《そんざい》が身近にいないから、ちょっと嬉《うれ》しいな。わたしの母親、自分の母親ともあまり仲良くないんだよね。父親のほうなんて、会ったことあるのかもだけど、記憶《きおく》にもない。薫《かおる》にはいる？　おばあちゃん」

「父親のほうの祖父母《そふぼ》は千葉に住んでるから、お正月とか夏休みとか会いに行ってる。母親のほうのおじいちゃんはもう亡《な》くなっててばあちゃんは元気なんだけど、山形だからあんまり会えない。でも、どっちかっていうと、山形のおばあちゃんのほうが好きかな」

おばあちゃんのことについて、まともに考えたこともなかった。いるのが当然だと思っていたけれど、イズミみたいに、身近にいない子もいることに気付かされる。

「あっ！　それと、全然話が変わるけど。カエルの子はカエルじゃなくて、オタマジャクシだからな」

「はあ？」

「さっき言ってたじゃん」

「カエルの子がオタマジャクシだってことくらい、知ってるよ。カエルの子はカエルっていう慣用句《かんようく》」

イズミは威張《いば》ったように腕《うで》を組んだ。

「慣用句《かんようく》って、昔の人が言って広めたことだろう。カエルの子はカエルって言ったり、トンビが鷹《たか》を生むって言ったり、どっちもありじゃん。だからさ、事実だけをわかっていればいいんじゃないの」

「カエルの子は、オタマジャクシだっていう事実？」

「そう。だから、カエルの子はオタマジャクシ、以上！　難《むずか》しいことを考えないで、それでいいんじゃないの？　それにイズミのこと、陽キャか陰《いん》キャか、考えたことないし、そんなふうに二種類に分けられるものじゃないだろう」

「そっか……蝶々《ちょうちょう》の子はアオムシだし？」

「うん、蝶々《ちょうちょう》の子はアオムシだ」

そう言い切った僕《ぼく》を、イズミはじっと見つめてから、一つうなずいた。

「わかった。そうだな。なんか、今日は自分のこと、たくさん話せた気がする。聞いてくれてありがとう」

「べつにお礼なんて……」

「薫《かおる》の中にも……ためこんでることあるんだよな？　なんとなく、わかってる。一緒《いっしょ》に暮《く》らしていれば、わかるよ。たぶん、銀河《ぎんが》もわかってる。それ、話せるようになるといいな」

イズミは言った。蟬《せみ》がまだ鳴いている。

「イズミがうらやましいよ。自分の中にある気持ちを、イズミみたいにちゃんと言葉にできたら、もっと楽になれるんだろうな」

「さっき斉藤《さいとう》さん、話したくなければ話さなくていいって言ってたけど、前にこんなことも言ってたんだ。言葉には音の力っていうのが宿っていて、たとえば『話す』っていうのは『離《はな》す』って意味にもなるんだって。だから嫌《いや》なことは話したほうがいいって」

イズミにそう言われて、僕《ぼく》は胸《むね》のすくような気持ちになる。

「ふうん……そっか」

真昼の日差しは九月の末になってもまだ強くて、道の脇《わき》の茂《しげ》みでもいろんな虫が音を上げていた。たくさんの生き物の息づかいであふれていた。そんなざわめきを吹《ふ》きとばすように、風が二人の間を通り抜《ぬ》けていった。

＊

その日の夜、窓《まど》の外にまん丸の月が美しく見えた。食事の片付《かたづ》けを終えた隣《となり》の部屋では、小学生たちは小五の拓海《たくみ》が作ったボードゲームをして盛《も》り上《あ》がっている。拓海《たくみ》はどちらかというと無口で、学校でもおとなしいからかいじめを受けていたようだけど、工作が好きで、ここで自作のボードゲームを作るようになり、それが受けて小学生グループの中でも人気者だった。その向こうでは、また銀河《ぎんが》と寛太《かんた》が言い合いをしているのが見えた。いつもと変わらない夜だった。

僕《ぼく》は読んでいた文庫本を閉《と》じて、疲《つか》れた目に両手の腹《はら》を押《お》し付《つ》けた。ここの本棚《ほんだな》には誰《だれ》かが読み終えたものや寄付《きふ》された本や漫画《まんが》がたくさんある。漫画《まんが》は新しいものから古いものまで。本もラノベもあればハードカバーのミステリーもあるし、科学系《けい》コミックやエッセイ、図鑑《ずかん》……いろんなジャンルがある。今読んでいるのはけっこう古めの探偵《たんてい》もの。

「はー、バカむずい」

斜《なな》め向かいにいる音夢《ねむ》がため息まじりの声を上げるので、僕《ぼく》はそちらに顔を向けた。今夜は塾《じゅく》がない日なのだろう。受験生の音夢《ねむ》は、夏休みは毎日のように塾《じゅく》があり、二学期がはじまってからも週五で塾《じゅく》に行っている。塾《じゅく》がない日くらい休めばいいのにと思うけれど、高校受験生ともなるとそんな呑気《のんき》なことは言っていられないのか。

「なにやってんの？」

「数学。長い式の因数分解《いんすうぶんかい》ってさ、どの共通因数《いんすう》でくくればいいのかわかんないんだよ」

長い髪《かみ》をバサバサと揺《ゆ》らすように、音夢《ねむ》は頭を振《ふ》った。

「ふうん、どれ？　って言っても、俺《おれ》がわかるわけないな」

「中二には解《と》けないやつ」

「中二とか関係ない。俺《おれ》、数学がダメなやつだから」

僕《ぼく》の言葉を聞いて、どこまで本気に受け取ったのかは知らないが、音夢《ねむ》はそれなりにちゃんと受け取ったようにうなずいた。

「イズミなら解《と》けちゃうかもねー」

「それな」

「ああ、一つ下のくせに生意気なやつ」

「そういえば、イズミから聞いた。四国にある寮《りょう》付きの学校に行きたいんだって」

「そうだよ」

「なんで？」

「なんでって、いい学校だから。興味《きょうみ》ある国際的《こくさいてき》なカリキュラムだし、進学実績《じっせき》も悪くないし」

「ここを出ていくんだ」

「当然。そのために、そこを受けるんだから」

新しいルーズリーフを透明《とうめい》な袋《ふくろ》から一枚《まい》ひっぱりだしながら、音夢《ねむ》は言った。

「ふうん、ちょっと意外」

「全然意外でもなんでもない。あんたたちなんて、中学生や小学生だっていうのに、親から離《はな》れて暮《く》らしてるでしょう。あたしだって、そういう気持ちくらいあるよ」

ここに来た時から音夢《ねむ》はリーダー的な存在《そんざい》としていたから、いて当然だと思っていた。

だけど、ほかの子とは違《ちが》って、音夢《ねむ》は自分の意思とは関係なくここで暮《く》らさなくてはならないのだと、今になって気づいた。

「あんたたちのことは嫌《きら》いじゃないし、うちの母親がやりたいことも理解《りかい》してるけど、なんていうか……」

「ここにいると、〝まいまいの娘《むすめ》〟っていう人格《じんかく》が強すぎって感じ？」

「そういうこと。あたしはあたしの人生があるっていうかさ。それにここに住んでいると一人の時間なんてあってないようなもんだもん。小さい頃《ころ》はそれでもなんとかなったけど、中三だよ？　高校生になって、ここで寮母《りょうぼ》みたいに暮《く》らすのを想像《そうぞう》したらぞっとするんだよね。もちろん四国の寮《りょう》に入っても同級生たちと暮《く》らすわけだけど、ここよりはパーソナルスペースを確保《かくほ》できるだろうし、なにより〝まいまいの娘《むすめ》〟っていう人格《じんかく》を外せるから」

ここの校長の娘《むすめ》として優等生《ゆうとうせい》な音夢《ねむ》は、みんなにとって姉的な頼《たよ》れる存在《そんざい》だ。それはそれで荷が重かったんだろう。

「薫《かおる》、高校どうするの？」

「正直、どこでもいいっていうか。べつに行かなくてもいいかなって思ってるけど、親は絶対《ぜったい》に行っとけってうるさい」

このツリースクールでの日々《ひび》は、学校の出席と同じと数えられるから、中学の卒業資格《しかく》はとれてそのまま高校を受験することはできる。両親は全日制《ぜんにちせい》の高校に進学してほしいと言っているけれど、ここではたいして勉強していないから、選択肢《せんたくし》なんてあってないようなものなんじゃないかと、正直、不安を感じていないわけじゃない。

「やりたいことが決まってるならいいかもしれないけど」

「とくにない。夢《ゆめ》とか、ないし」

それでも不安をさとられたくなくて、僕《ぼく》はそう言う。実際《じっさい》、夢《ゆめ》なんてない。そんなものを持とうと思わないし、持ってはいけないようにも思っている。

「だったらなおさら、高校に行って、やりたいことがないか探《さが》してみれば？　今は通信制《せい》とかオンラインで授業《じゅぎょう》とか、いろいろあるんだよ。東京なら、不登校の子たちのための都立の高校もあるっていうし」

「くわしいな」

「ずっとここで暮《く》らしてるんだもの、いやでもくわしくなるわ。中三になったら、まど兄が進路について相談に乗ってくれるし、今すぐに決めることはないけど」

音夢《ねむ》は言った。

「イズミと銀河《ぎんが》はどうするんだろう」

「中二の三人で、そういう話しないんだ」

「あんまり。ってか、全然」

「イズミは勉強が好きだから、それなりのレベルの高校を目指すかもね。銀河《ぎんが》は……」

そんなやりとりをしていると、銀河《ぎんが》が部屋に入ってきた。

「チューペットいる人ー」

いる人、と訊《き》きながら、返事もしていないのにはいこれ、と凍《こお》らせた白いチューペットを渡《わた》される。音夢《ねむ》も同じように、紫色《むらさきいろ》のものを握《にぎ》らされる。

「えっ、いらないんだけど」

音夢《ねむ》が突《つ》き返《かえ》すと、銀河《ぎんが》は不満そうに口を尖《とが》らせた。

「せっかく持ってきたんだから、素直《すなお》に受け取って。しかもそれ、寛太《かんた》がひとりじめしようとするから奪《うば》ってきたグレープ味だし」

心からいらないという表情《ひょうじょう》で、音夢《ねむ》はそれを机《つくえ》の端《はし》っこに置いてから、銀河《ぎんが》を見た。

「ねえ、あんたって高校のこと考えてるの？」

「俺《おれ》？　考えてないよ、そんな先のこと」

案《あん》の定《じょう》の答えが返ってきて、僕《ぼく》と音夢《ねむ》は顔を見合わせて笑った。

「そんな先ってこともないだろう」

僕《ぼく》は突《つ》っ込《こ》んだ。

「えっ、薫《かおる》は決めてんの？」

「決めてないよ」

「なーんだ。びっくりした」

適当《てきとう》ぶった態度《たいど》だけど、びっくりするくらいには、こいつも他人の進路に興味《きょうみ》があるのだろう。

向こうで、「そうだ、そうだ、音夢《ねむ》」という声がして、今度はイズミがやってくる。先にいた僕《ぼく》と銀河《ぎんが》を見ると、ちょっと驚《おどろ》く。

「なに？　勉強？　なわけないか。ああ、音夢《ねむ》。今日さ、斉藤《さいとう》さんのところに行ったんだけど、音夢《ねむ》に渡《わた》してってところてんもらってきたの。冷蔵庫《れいぞうこ》に入れてあるから」

「まじで？　黒蜜《くろみつ》のやつ？　斉藤《さいとう》さん自家製《じかせい》の、おいしいんだよね」

音夢《ねむ》ははじかれたように立ち上がると、これはあげる、と机《つくえ》の端《はし》に置いたチューペットをイズミに差し出す。いらないんだけど、いいからいいから、と押《お》し付《つ》けあって、根負けしてイズミが引き取った。

「もうお前らにチューペットを持ってきてやらねえ」

銀河《ぎんが》が不貞腐《ふてくさ》れると、銀河《ぎんが》が持ってきたことに気づいたイズミが笑った。

隣《となり》の部屋のほうに目を向けると、ところてんらしきものを器に入れて食べながら音夢《ねむ》が、ボードゲームをしている小学生たちになにか話しかけて小さな笑いが起こる。

ここで暮《く》らしているのは、みんな普通《ふつう》に学校に通えなくなった子どもたちばかりだ。人によっては、僕《ぼく》を含《ふく》めて、家の中もいづらくなって親元を離《はな》れている。そんなやつらを、普通《ふつう》に地元の中学校に通えて、それなりに勉強もできて、母親とも仲良くできている音夢《ねむ》は、どんなふうに見ているのだろうと考えることがあった。音夢《ねむ》のことだから、意地悪な目で見ていることはないだろうけれど、自分とは違《ちが》う、という見方をしていてもおかしくない。

そう思っていたから、さっき音夢《ねむ》の本音を聞けて、僕《ぼく》はちょっと嬉《うれ》しかった。音夢《ねむ》でも、あんなふうに考えていることが意外だったし、そういう意味では、多かれ少なかれ、悩《なや》みのないやつなんていないのだろう。

「イズミ、もう風呂《ふろ》に入ったんだ」

部屋着でバスタオルを首に巻《ま》いているイズミに、僕《ぼく》は言った。

「音夢《ねむ》はまだ勉強したいっていうから先に入っちゃった」

イズミが僕《ぼく》の前の椅子《いす》に座《すわ》り、銀河《ぎんが》はその間の床《ゆか》にペタンと胡座《あぐら》をかく。

「女子はいいよな、一人で広々《ひろびろ》入れて。まあ、誕生日《たんじょうび》だから許《ゆる》してやるか」

「銀河《ぎんが》が許《ゆる》すようなことなのかよ」

「おっ、そういえば今晩《こんばん》は満月」

二人にそう言って、僕《ぼく》は窓《まど》の外を指差した。銀河《ぎんが》は月を探《さが》すように中腰《ちゅうごし》になり、ああ、とうなずいてからまた腰《こし》を下ろした。

「ほんとだ」

「なんか嬉《うれ》しいね、誕生日《たんじょうび》が満月」

イズミは首に掛《か》かったひもをひっぱりだした。Tシャツの下から、玉ハビルが出てきた。なにそれ、と銀河《ぎんが》に訊《き》かれて、斉藤《さいとう》さんからの誕生日《たんじょうび》プレゼントなのだと説明した。

「また斉藤《さいとう》さんのところに行ったんだ」

「今日は薫《かおる》も一緒《いっしょ》に。ねえ」

イズミがチューペットをかじりだしたので、僕《ぼく》も同じようにかじりつきうなずいた。少し溶《と》けて食べやすくなっている。

「暇《ひま》だったし」

「あ、そうだ。でさ、なんでここに来たのかって、斉藤《さいとう》さんに訊《き》かれたんだよね。銀河《ぎんが》は、なんで？」

「なに、その質問《しつもん》、いきなりだな」

「今日さ、薫《かおる》とそういう話をしたんだ。銀河《ぎんが》のことも知りたくなった」

「二人はどう話したんだよ」

銀河《ぎんが》は僕《ぼく》を見た。

「俺《おれ》はイズミの話を聞くばかりだったけど」

僕《ぼく》はイズミを見た。

「わたしは、薫《かおる》に言われて気づいたんだ。カエルの子はオタマジャクシだってわかりたくて来たのかな」

「はあ？　カエルの子はオタマジャクシって、俺《おれ》でも知ってることじゃん」

「つまりさ、いろいろと考えすぎてたんだなってわかったよ。家族のことも、学校のことも。カエルの子はオタマジャクシ、わたしはわたし。それ以上でも、それ以下でもない。

誰《だれ》かにそう言ってもらいたかったんだな」

ねえ、と同意を求められ、ああ、うん、と不器用《ぶきよう》に僕《ぼく》はうなずく。僕《ぼく》が言ったことを受け取ってくれていて、少し照れくさい。

「銀河《ぎんが》は、転生するためにここに来たんじゃなかったのかよ」

それで僕《ぼく》は銀河《ぎんが》に話を振《ふ》った。あれな、と銀河《ぎんが》は破顔《はがん》する。

「それもそうだけど、別の理由もある。うちの親、俺《おれ》に甘《あま》すぎでうざいんだ。それで」

「そんな甘《あま》い親が、よく寮《りょう》生活を許《ゆる》してくれたよね」

「彼《かれ》らは、俺《おれ》が言うことには反対しないわけ」

「親のことを彼《かれ》らって、他人みたいだな」

僕《ぼく》が言うと、他人だもん、と銀河《ぎんが》は平然とした顔で返す。

「正確《せいかく》に言うと……だな。血がつながってないから、今の両親とは」

銀河《ぎんが》から思いがけない言葉が返ってきて、僕《ぼく》とイズミは同時におたがいの顔を見合わせ、それから同時に銀河《ぎんが》を見た。

「そうなのか？」

僕《ぼく》が聞き返すと、銀河《ぎんが》は一つうなずいた。

「俺《おれ》を産んだ母親は『なんらかの事情《じじょう》』ってやつで俺《おれ》を育てられなくなったらしいんだわ。父親は生きてるのか死んでるのかもわかんねえの。三歳《さい》くらいの時に施設《しせつ》に保護《ほご》されて、その後しばらくして、今の親が引き取ってくれた。言っとくけど、不幸自慢《じまん》とかじゃないから」

銀河《ぎんが》は言い慣《な》れているのか、それでも虚勢《きょせい》を張《は》っているのか、さらっと話す。

「わかってる」

イズミは言った。

「あの人たち、甘《あま》すぎるくらい甘《あま》くて、大事にしてもらってるの、わかってるんだ。もちろん感謝《かんしゃ》だってしてる。毎日のように食べたいものを訊《き》いて作ってくれたり……でも優《やさ》しすぎて不安になるんだ。小さい頃《ころ》から自分の出自について教えてもらってきたし、理解《りかい》できてるつもりなんだけど、モヤるんだ。なんでそこまでやってくれるのかなって……そういう気持ちって、あんまり理解《りかい》できないかもだけど、あるんだよ」

「まさか、そんなヘビーなのが出てくると思わなかった。わたしもわたしなりに悩《なや》んできたけど、銀河《ぎんが》と比べたらまだ甘《あま》ちゃんだね」

「だから、そんなふうに思われたくないんだよ」

銀河《ぎんが》はムッとしてイズミに言い返す。

「ごめん」

「っていうか、俺《おれ》こそ甘《あま》やかされてきたんだよ。それなのに、甘《あま》やかされていると不安になるって、どうしようもねえよな」

銀河《ぎんが》は言った。なんとなく沈黙《ちんもく》になる。手に持っていたチューペットは液状《えきじょう》になっていて、それを飲み干《ほ》した。

「あのさ……僕《ぼく》も話していいか？」

僕《ぼく》は言った。

「もちろんいいけど……大丈夫？」と窺《うかが》うような目でイズミはこちらを見た。

二人の素直《すなお》な言葉を聞いていたら、いまなら言えそうな気がした。

「満月の夜に海の生き物って産卵《さんらん》するんだって」

僕《ぼく》はそう言って二人を見てから、続けて話した。

「でもそれは満月になると大潮《おおしお》になるから、海水が増《ふ》えることを察知して産卵《さんらん》しているんだろうっていう説もあるみたいなんだけど、海から離《はな》れた実験室で、満月の夜に牡蠣《かき》の殻《から》が開いたっていう観察記録があるんだってさ。だから、生き物って月の影響《えいきょう》を大きく受けてるんだろうな。友達が教えてくれたんだ、この話を。大事な友達だった。そいつが……死んじゃったんだ」

イズミと銀河《ぎんが》を交互《こうご》に見ながら、僕《ぼく》は打ち明けた。その先がわからない限《かぎ》りはどう返事をしていいのかわからないと言いたげな二人にうなずいて、僕《ぼく》は続けた。

「夜に一人で川に行って、溺《おぼ》れたみたいだ。僕《ぼく》の家の隣《となり》に住んでいて、一つ下だから弟みたいだった。でも親友だった。とても、とっても、大事なやつだったんだ。それが去年の夏のこと」

「薫《かおる》、そうだったんだ」

イズミが絞《しぼ》りだすような声で言った。

「ああ、やっと話せた。言いたくなかったんじゃなくて、言えなかったんだ。まだ言えていないことがいっぱいあるけど、ちょっと出せた。その友達……セアがいなくなってから僕《ぼく》は学校に行けなくなった。でも家にいても、あいつのことを思い出すばっかりで、それも辛《つら》かった」

僕《ぼく》の話を聞いて、銀河《ぎんが》は神妙《しんみょう》にうなずいた。

「だから薫《かおる》は、川に入りたがらなかったんだな。泳げないわけでもなさそうなのに、なんでなのか、不思議だったけど、そういうことだったんだな」

「親友がそんなことになったら、それはきついよね。わたしも想像《そうぞう》しただけで苦しくなる」

たしかに、話すのは、離《はな》すなのか。口から言葉が出ていくたびに、心の奥底《おくそこ》に押《お》し込《こ》めていたものが放たれて体の真ん中あたりが軽くなっていくように感じた。

「聞いてもらえてよかった。なんか、楽になった」

まだ言えないこともある。セアがいなくなったことと同じくらい、僕《ぼく》の心をふさいでいる大きなこと。でも、少しずつでいい。少しずつ話せていければ、なにかが変わるかもしれない。そんなふうに思った。

「打ち明け合戦みたいだな」

銀河《ぎんが》がそう言って、たしかに、とイズミはおかしそうにうなずいた。

「じゃあ、ついでに、もう一つ話してもいい？　わたしの瑠璃《るり》って名前、実の父親がつけたんだよね。瑠璃《るり》ってラピスラズリっていうきれいな石のこと。宝石《ほうせき》みたいな子になってほしいって願いからつけたんだって。ありがたいのに、どうしても好きになれないんだ。

きれいな名前なのに、自分には似合《にあ》っていないって思って、お父さんに申《もう》し訳《わけ》ない気持ちになるから。出水《いずみ》は新しいお父さんの苗字《みょうじ》で、正直たいして愛着ないけど、だからこそ新しい自分になれそうかなと思って……」

「それで、苗字《みょうじ》で呼《よ》んでくれってことか」

なるほど、と思って僕《ぼく》は言った。

「そんなこと言ったら、俺《おれ》の銀河《ぎんが》って名前、会ったこともない親がつけたから、全然好きじゃない。でも、ママンとパパンは、最高にいい名前だって言ってくれる」

銀河《ぎんが》がそう言うと、ママンとパパン？　とイズミは間髪《かんはつ》を容《い》れずに聞き返した。

「なんだよ、その呼《よ》び方《かた》！」

僕《ぼく》も思わずツッコミを入れた。

「いいじゃん、どう呼《よ》ぼうと！」

銀河《ぎんが》は顔を真っ赤にして言い返すから、僕《ぼく》とイズミは爆笑《ばくしょう》した。だってさ、ママとかパパとか恥《は》ずかしいじゃん！　ママンとパパンのほうがマシじゃん？　などと銀河《ぎんが》が必死で説明するから、ますますおかしくなって笑いが止まらなくなったら、銀河《ぎんが》も一緒《いっしょ》になって涙《なみだ》を流しながら笑った。

「いいよ。銀河《ぎんが》らしくて。わたし、このこと一生忘《わす》れないわ！　十四歳《さい》になった夜にこんなに笑ったなんて、絶対《ぜったい》に忘《わす》れない！」

「そのたびに思い出すんだろう、銀河《ぎんが》のママンとパパンのこと」

「おい、薫《かおる》！」

僕《ぼく》も一生忘《わす》れたくないと思った。誕生日《たんじょうび》でもないけれど、十四歳《さい》の、月がめちゃくちゃきれいな夜に、友達と胸《むね》の奥底《おくそこ》にあることを打ち明けたり、お腹《なか》がよじれるくらい笑ったことをずっと忘《わす》れたくない。そう思った。

十四歳《さい》　冬

冷たい風が笛を鳴らす。古い建物だから、笛の音とともに、窓《まど》のサッシが小刻《こきざ》みに震《ふる》えている。朝日の光も、凍《こご》えるように白い。

「また、あの部屋の夢《ゆめ》を見たんだ」

朝起きると、いつもは寝坊《ねぼう》しがちな銀河《ぎんが》が先に起きていることがある。

「薄暗《うすぐら》い、静かな場所なんだよ。冷蔵庫《れいぞうこ》に背中《せなか》をくっつけて、俺《おれ》はテーブルの下に隠《かく》れているんだ。いや、隠《かく》れているわけじゃない。その部屋、寒くて。でも冷蔵庫《れいぞうこ》が当たっている背中《せなか》が温かいから、そこにいるだけ。テーブルの下から見えるのは、床《ゆか》を埋《う》めつくすゴミ。そこで目が覚めた。海面から顔を出した時みたいな、息ができたって感じになって、ああ、夢《ゆめ》だった、助かった、と思った」

部屋の角に背《せ》をもたせかけて、三角座《ずわ》りしながら、銀河《ぎんが》は話す。弱視《じゃくし》で普段《ふだん》は眼鏡《めがね》をかけている銀河《ぎんが》だが、起きてすぐだと素顔《すがお》だ。眼鏡《めがね》のないその目は、意外と思慮深《しりょぶか》そうに見える。右目の下にある大きめのホクロのせいかもしれない。そんなことを思いながら、僕《ぼく》は銀河《ぎんが》の隣《となり》で、同じように三角座《ずわ》りをして、ただ黙《だま》って、話を聞く。

いつかの満月の夜に、銀河《ぎんが》とイズミと三人で語り合ったことがあった。どうしてここにやって来たのか。ここに来る前に、なにがあったのか。

それを話した夜から、銀河《ぎんが》はたまにこうして夢《ゆめ》の話をするようになった。

「だけど、たぶんそれは夢《ゆめ》というよりも、ずっと昔の記憶《きおく》なんだよな」

夢《ゆめ》だけど、夢《ゆめ》じゃなくて、遠い日の出来事。そうだとしたら、銀河《ぎんが》はずいぶんと寂《さび》しい場所にいたようだ。

「ある時に気づいたんだよ。今の両親に引き取られる前に自分が、あそこにいたのかもなって。ふとした思いつきだったけど、そう思った瞬間《しゅんかん》、ぞっとした。鳥肌《とりはだ》が立ったんだ。ってことは、やっぱりそうだったように思えた。だとすると、ただの夢《ゆめ》じゃないから、怖《こわ》いんだよ」

銀河《ぎんが》はよく話した。僕《ぼく》が黙《だま》って聞いていると、安心するかのように。こうして朝に銀河《ぎんが》が打ち明ける話は、おもしろくも楽しくもないことが多いのだけど、銀河《ぎんが》はどこまでも明るさをなくさないように話し続けた。

やっと話せる、という解放感。

それ、僕《ぼく》も知ってる。だから、わかるよ。

いつからだろうな、僕《ぼく》らが本当の気持ちを話すことが苦手になったのは。たくさん話しても、それは本当のことを隠《かく》すためのフェイクだったりして、放たれることのない気持ちは行き場をなくして自分の内部でふくれあがっていくんだと、僕《ぼく》も知ったばかりだ。

「俺《おれ》を産んだ母親は、『なんらかの事情《じじょう》』があって俺《おれ》を育てることができなくなったと聞かされてきたけれど、要するに育児放棄《ほうき》ってことなわけ。父親は生存《せいぞん》すら不明なわけ。やばすぎだろ。でも、前も言ったけど、そんな自分をむやみに不幸だと思っていないんだよ。むしろ親が中途半端《ちゅうとはんぱ》な見栄《みえ》をはらず、さっさと他所《よそ》さまの手に託《たく》してくれてまじでラッキー。親ガチャで大失敗したと思いきや、敗者復活戦《ふっかつせん》がありました、みたいな。運ゲーで優勝《ゆうしょう》みたいな。そんなふうに考えられるのも、今の両親のおかげ。本当のことを隠《かく》さないでいてくれたから。もちろん最初はショックだったよ。はっきりと覚えていないけど、最初に聞いた時は激《はげ》しく泣いたらしい。そりゃ泣くよな、小さい頃《ころ》の俺《おれ》。ママンによると、そのあと赤ちゃん返りがひどかったらしい」

銀河《ぎんが》は今の両親を、もともとは普通《ふつう》にママとパパと呼《よ》んでいたが、高学年の頃《ころ》から微《び》妙《みょう》に呼《よ》び方《かた》を変えた。時を同じくして銀河《ぎんが》は今の両親との接《せっ》し方がわからなくなってしまったと言っていた。

「でも、いつからかな。優《やさ》しくされると、どうせ優《やさ》しくしていればいいと思っているんだろう、と心の端《はし》っこで思ってしまう。感謝《かんしゃ》しているくせに、そんなことを思ってしまう。自分の幼稚《ようち》さにうんざり。だから、早く大人になりたいんだよ。親から離《はな》れることで大人になれるような気がして、ここに来たのかもな」

銀河《ぎんが》は両腕《りょううで》を天に向けてのばし、あくびをした。

僕《ぼく》と銀河《ぎんが》は男子部屋の、二段《だん》ベッドの上と下で寝《ね》ていて、同い年っていうのもあって気が合うのはわかるけど、それでも不思議なくらい、あまり揉《も》めない。しょうもないことでぶつかることはあるけれど、大きな喧嘩《けんか》にはならない。イズミともそうだった。

小説なんかでは、大きな喧嘩《けんか》をしてはじめて、友情《ゆうじょう》が深まったりするのが王道なのに、僕《ぼく》たちは違《ちが》う道筋《みちすじ》をたどっている。争うことを嫌《きら》う三人なのかなと考えたけれど、それとも違《ちが》うように思う。

ここ最近になって少しわかったのだが、たぶん、三人ともすでに大事なものをなくしているからだ。

僕《ぼく》がセアを失ったように、イズミと銀河《ぎんが》も、たぶんそうなのだ。

取り返しのつかない喪失感《そうしつかん》を知っていると、ぶつかるのが怖《こわ》くなる。

たとえば朝っぱらに部屋の隅《すみ》っこで並《なら》んで座《すわ》りながら、悪夢《あくむ》の話をしてくれる友達を、僕《ぼく》はなくしたくない。

もう二度と、セアを失ったような経験《けいけん》をしたくなかった。


十二月に入ってすぐに、強烈《きょうれつ》な寒波が到来《とうらい》。

さすがに外に出かけるのを止めていたけれど、久《ひさ》しぶりに暖《あたた》かい陽気で森に出ることになった。寒いは寒いけど、冬の森もそれほど悪くない。夏よりも表情《ひょうじょう》が豊《ゆた》かだと思う。

暑い盛《さか》りには青々《あおあお》としていた木々《きぎ》が黄や橙《だいだい》や赤に色を移《うつ》した。強い風が吹《ふ》き荒《あ》れたかと思ったら、その翌朝《よくあさ》にはまったく風景が違《ちが》っていたりする。

天を覆《おお》うほどだった葉っぱがほとんど落ちる。枝《えだ》ばかりとなり見晴らしがよすぎるほどの頭上に、乾《かわ》いた風が吹《ふ》き抜《ぬ》けていく。そういう森の姿《すがた》も、嫌《きら》いじゃなかった。

斉藤《さいとう》さんの畑で採《と》れたさつまいもで、焼《や》き芋《いも》作り。一度薪《たきぎ》を燃《も》やしてから炭化させ、熾火《おきび》にしたところでさつまいもを焼くと、芯《しん》まで火がじっくりと通ってふわふわとやわらかくなる。熱くてみんなで口をはふはふしながらかじりついた。かじかんで感覚をなくした指先まであったまる。そんな時に、森の奥《おく》から金属的《きんぞくてき》な音が聞こえてきた。

「ほら、音がするやろう。なんの音かわかるか」

まど兄の授業《じゅぎょう》は、森の中のなにげないことに気づくことから始まる。ここでは普通《ふつう》の学校よりも、机《つくえ》でする勉強は圧倒的《あっとうてき》に少ないけれど、森の中でいろんなことを学ぶ。

「チェーンソーじゃん」

と、誰《だれ》かが答える。

「そうだ。木を切ってるんや。間伐《かんばつ》っていうの、聞いたことくらいあるか」

「木を間引《まび》いてるんでしょ。捨《す》てられちゃうの、木がかわいそう」

と、誰《だれ》かが言う。

「でも林業においては、必要な作業やからな。成長の悪い木や曲がった木を間伐《かんばつ》することで、日光も入るようになるし、育ちのいい木が高くまっすぐに育つことができるんやな。でもそういう出来のいい木にも弱点があるんや。なんやと思う？」

背《せ》が高い木の弱点……高ければ高いほど困《こま》ること。

「あっ、風に弱い？」

銀河《ぎんが》が答えた。

「そのとおり。嵐《あらし》が来たりすると、高く伸《の》びた木ほど倒《たお》れやすい。間伐《かんばつ》っていうのは、林業においては大事な工程《こうてい》やけど、曲がった木や成長の悪い木がいらないものだとは俺《おれ》も思わんよ。いろんな木があるほうが森の景色がおもろくなるやろ。君らも、同じやな」

「どこが同じなの？」

誰《だれ》かが訊《き》くと、それは自分で考えやー、とまど兄は笑った。そんなの、人間にもいろんな個性《こせい》があっていいってことだろう。だけど、なぜかモヤモヤした。

「ところでな、このあたりの歴史《れきし》を調べてみると、けっこう謎《なぞ》めいてて、わかってないことも多いようなんやが、古墳《こふん》時代あたりに中国や朝鮮半島から来た渡来人《とらいじん》が集落を作っていたんやないかっていう説があるんやって」

「渡来人《とらいじん》の集落？」

イズミが興味深《きょうみぶか》そうにまど兄に訊《き》いた。

「はっきりとわからんけどな。この森は太古の昔から、どんな人間も受け入れてくれる場所やったんやろうな」

まど兄の前で、焚《た》き火《び》がパチンと爆《は》ぜた。

陽気なお天気になったと思ったら、その数日後に森に初雪が舞《ま》う。

ここにいると、簡単《かんたん》には強くなりたいと言えなくなる。それくらいに自然は気ままで、思うようにならないことが多いとわかるからだ。


帰省する日はクリスマス。その前日に、クリスマスパーティーを開催《かいさい》するのは、もう何十年と続いている決まりごとのようだ。

メニューは事前にみんなにアンケートをとって、リクエスト数が多いものを採用《さいよう》した結果、ミートボール入りクリームシチュー、たらこスパゲッティー、鶏《とり》の唐揚《からあ》げ、おから入りコロッケ、ということになった。

「スター選手だらけゆえに個性《こせい》を発揮《はっき》しきれないことになりかねない組み合わせだよね」

ホワイトボードに書いたメニューを見ながら、イズミはボソッと言う。

「文句《もんく》言ってないで、手を動かせ」

玉ねぎをみじん切りしていた銀河《ぎんが》が、涙目《なみだめ》で言い返す。イズミはじゃがいもをピーラーでむく。

「薫《かおる》も、まだ海老《えび》の皮むいてんの？　遅《おそ》くない？」

「やってるんだけど、海老《えび》の足がチクチクして痛《いた》いんだよ」

「チクチク？　どういうむき方してんだよ」

最近、食事係のリーダーをばんちゃんから引《ひ》き継《つ》いだ銀河《ぎんが》は、以前より増《ま》して台所では りきっている。

「だから、迎《むか》えに来なくていいから。レンタカーを借りることになってるし。道？　ナビがあるんだから大丈夫《だいじょうぶ》やき」

土間《どま》から聞こえてくるまいまいの声。四国に住んでいる母親が相手なんだろう。そうわかるのは、話している内容《ないよう》もだけど、もともと土佐《とさ》出身のまいまいのお母さんが向こうに戻《もど》って地元の訛《なま》りが強くなったらしく、つられてまいまいも語尾《ごび》が微妙《びみょう》に訛《なま》るからだ。

その会話の流れをどこか案じるように、柱の影《かげ》で単語帳を片手《かたて》に音夢《ねむ》が聞いている。

「受かりそうなのか？」

僕《ぼく》は音夢《ねむ》に訊《き》いた。明日、まいまいと音夢《ねむ》は四国に学校の下見に行くらしい。

「受かるんじゃないの」

音夢《ねむ》は淡々《たんたん》と返し、さっさと向こうに行ってしまう。音夢《ねむ》がそう言うのだから、きっと受かるんだろう。優等生《ゆうとうせい》の手堅《てがた》さだ。

いろんなことが、刻々《こっこく》と変わっているんだな、と思う。明日にはみんな自分の家に戻《もど》って、年を越《こ》して、ここに戻《もど》るのは新しい年になってから。そうすると、もう年度末が見えてくる。

「人参の大きさバラバラじゃん」

「大きめと小さめを作ってるの。人参が苦手なやつがけっこういるからさ、お前みたいに！」

「なんで知ってんの？」

「知ってるに決まってんだろ、毎日作ってるんだし、毎日一緒《いっしょ》に飯を食ってるんだし」

銀河《ぎんが》と寛太《かんた》が言い合っている声が聞こえる。喧嘩《けんか》しているようで、よく聞くと、案外仲良しなのだ。この犬猿《けんえん》の仲も、いつのまにか形を変えていた。

「お前、包丁の使い方がうまいな」

「なにを今さら。ほら、そこの鍋《なべ》に水入れて火にかけろ。それくらいはできるだろ」

「それくらいって、なんで上から目線なんだよ」

寛太《かんた》が突《つ》っかかりながらも笑って、銀河《ぎんが》もふきだす。そのやりとりを聞いて僕《ぼく》はまど兄を探《さが》した。まど兄は玄関先《げんかんさき》に届《とど》いた食材の段《だん》ボール箱の整理をしていた。

「まど兄、今日森でさ、いろんな木があったほうがおもしろいって。それは君らも同じって言ったの。あれって、いろんな個性《こせい》があっていいってことだよね」

「そうやな。考えてたんか」

「うん、考えてた。でもさ、間引《まび》きって、高い木を高くするためにするんだよね？　ってことは高くなれない木は、高くする木のために犠牲《ぎせい》になるってことにならない？」

モヤモヤした気持ちを、言葉にできた。高い木になれそうにない僕《ぼく》は、間引《まび》かれた木のように思えたのだ。

「たしかに今の学校では、高く伸《の》びることを求められる。そのために、間引《まび》いて、伸《の》びる木だけ伸《の》ばすような、そういう一面もあるのかもしれん。だけど、高くならない木が悪いとは、やっぱり俺《おれ》には思えんよ。高くなれない木のよさがある。いろんな個性《こせい》があっていい。大事なんは、それぞれが、自分らしく生きていくことやで。どれだけ高く伸《の》びるかってことやない。大事なんは、根っこや」

「根っこ？」

「ちゃんと根っこを張《は》っていたら、どんな嵐《あらし》が来ても倒《たお》れたりせん。そのことが大事なんやと、俺《おれ》は思ってるんや」

「僕《ぼく》は、どうなのかな」

「薫《かおる》は、ええ感じやと思う。ここに来たばかりより、明るなったし、君らしくいられてるんじゃないかって思って見てるんやけど」

まど兄は、違《ちが》うか？　とこちらの顔をのぞき込《こ》むようにした。

「どうなんだろう」

「自信ないんか」

「わかんない」

僕《ぼく》は軽く笑っておく。

「それはそれでええよ。わからないことは、まだわからない。それでええよ」

僕《ぼく》の頭をトントンと軽く叩《たた》いて、まど兄は作業に戻《もど》った。

わからないというのは、正確《せいかく》じゃなかった。

本当のところでは、僕《ぼく》みたいなのは、間引《まび》かれていいんだと思っている……それが本音だった。

日が暮《く》れて、本物のもみの木に巻《ま》いた電飾《でんしょく》を点灯し、クリスマスソングを流すと一気にそれらしい雰囲気《ふんいき》になった。

銀河《ぎんが》とまいまいが出来上がった料理をお皿に盛《も》り、それらを中学生たちがテーブルに並《なら》べていく。小学生たちはわいわいしながら、コップとスプーンとお箸《はし》を並《なら》べていた。

こういう時に司会をするのは中三の音夢《ねむ》だったが、受験生の負担《ふたん》を重くするのも申《もう》し訳《わけ》ないので、中二の誰《だれ》かということになり、調理担当《たんとう》の銀河《ぎんが》は除外《じょがい》され、僕《ぼく》とイズミがジャンケンして、負けた僕《ぼく》がその役を務《つと》めることになった。

「えっと、これからクリスマス会をはじめさせていただきます」

人前で話し慣《な》れていない僕《ぼく》の顔を見て、みんなが笑う。させていただきますってなんだよ、と誰《だれ》かがやじを飛ばして、さらに笑いが起こって、さらに僕《ぼく》の顔に血が上っていく。

「緊張《きんちょう》するような場じゃないっつーの」

同じ学年だというのに、イズミは座布団《ざぶとん》の上で胡座《あぐら》をかいて余裕《よゆう》で笑っている。まったく、こういうのはお前のほうが向いてるだろ。そう言い返したいが、カッコ悪いからやめておく。

「えっと、みんな知ってると思うけど、拓海《たくみ》がここを卒業します！　ってことで、拓海《たくみ》から一言どうぞ」

僕《ぼく》が手招《てまね》きすると、拓海《たくみ》は恥《は》ずかしそうに身体《からだ》をもじもじさせながら立ち上がる。拓《たく》海《み》！　拓海《たくみ》！　とコールされて、顔を真っ赤にした。

拓海《たくみ》はもともといた地元の小学校に戻《もど》るようだ。詳《くわ》しいことは聞いていないけれど、きっと拓海《たくみ》の中で、今なら戻《もど》れると思ったのだろう。はにかみながら挨拶《あいさつ》をしているその顔を見て、よかったな、と僕《ぼく》は思う。

一緒《いっしょ》に暮《く》らしていたメンバーがいなくなるのは寂《さび》しいけれど、それがそいつの前向きな決断《けつだん》なら応援《おうえん》したい。もといた場所に戻《もど》ることがゴールではないし、必ずしも良いとはかぎらないだろう。ただ、逃《に》げてきた僕《ぼく》からすれば、もといた場所に戻《もど》れる拓海《たくみ》はすごいと思えた。

拓海《たくみ》の短い挨拶《あいさつ》が終わって、

「えっと、次は……あっ、本日のメニューの説明を料理長の銀河《ぎんが》から！」

僕《ぼく》はたどたどしいながらも、司会を務《つと》める。おい、いつのまに料理長になったんだよ、と誰《だれ》かがまたツッコミを入れていて、だけど銀河《ぎんが》はまんざらでもなさそうに小鼻をひくひくさせていた。

「はいはい、みなさん静粛《せいしゅく》に。本日のメニューは、ミートボール入りクリームシチュー、たらこスパゲッティー、鶏《とり》の唐揚《からあ》げ、おから入りコロッケです。ポイントとしては、まずミートボールは激《げき》うま、コロッケは面倒《めんどう》だったけどいい感じで、たらスパは伸《の》びてるかもだけど冷めてもよくて、鶏《とり》の唐揚《からあ》げは神ってことで、とにかくどれも美味《うま》いから！」

説明になっているようでなっていないが、銀河《ぎんが》の思いは伝わったようだ。たまりかねたみんなが競うようにして食べはじめた。

「ちょっと、いただきますは！」

まいまいがあきれたように叫《さけ》んだが、夢中《むちゅう》で口につめこむみんなの耳には届《とど》かない。

食事を終えて片付《かたづ》けも終えると、まど兄のピアノがはじまって二次会になった。歌うやつ、遊ぶやつ、勉強に戻《もど》るやつ、それぞれ好きなことをはじめたので、僕《ぼく》は一人でこっそり森に向かった。本当は夜に勝手に外に出てはいけないことになっている。まして、森の中はダメだ。これまでそのルールを破《やぶ》ったことはなかったのに、どうしても森に足が向いた。

小さめの懐中《かいちゅう》電灯一つだけ持って、川が流れる岩場に下りる。母親が送ってきたダウンのジャンパーの一番上までジッパーを上げてフードもかぶって、ズボンのポケットに手を突《つ》っ込《こ》んだ。それでも吹《ふ》きつける風の冷たさに身を縮《ちぢ》めた。

多くの葉っぱが落ちてさえぎるものがない。夜の闇《やみ》の中で風は本性《ほんしょう》を現《あらわ》すように、悪者の気配さえまとって、唸《うな》るように鳴っている。川の流れも速くて、強い。音と気配でわかる。風と川の音だけで埋《う》めつくされている。その隙間《すきま》に身を捩《ね》じ込《こ》むように、座《すわ》りやすい岩場に、僕《ぼく》は座《すわ》った。吐《は》く息があまりにも白くて視界《しかい》がくもるほどだった。

暗い森から、寮《りょう》を見上げると、そこだけ異次元《いじげん》のように明るい橙《だいだい》の光を放っていた。さっきまであの場所に自分がいたなんて、信じられないくらいに遠い。

楽しい時をただ楽しむ。そんな無邪気《むじゃき》な自分はどこに行ってしまったのだろう。

楽しい時ほど、罪悪感《ざいあくかん》のようなものが湧《わ》き上《あ》がる。もくもくと泡《あわ》だったシャボンに水を差すように、楽しい感情《かんじょう》がしぼんでいく。クリスマスに浮《う》かれている自分を、肩《かた》の後ろあたりでもう一人の自分が冷ややかにながめている。

——いい気なもんだな。逃《に》げているくせに。

銀河《ぎんが》が少しずつ心を開くように、自分の過去《かこ》を語ってくれるのは嬉《うれ》しくて、同時に焦《あせ》ってしまう。実の親に見捨《みす》てられて、その顔も覚えていない銀河《ぎんが》の計《はか》り知れない心の痛《いた》みをわかろうとしながらも、うらやましさが生まれてしまう。

被害者《ひがいしゃ》でしかない銀河《ぎんが》は、強くなろうとしていた。

一方で僕《ぼく》は、どうだろう。セアがいなくなった世界で生きる僕《ぼく》は、うまく言葉にできないほどに寂《さび》しい。そして、被害者《ひがいしゃ》になれないことを痛感《つうかん》していて、苦しい。むしろ、加害者かもしれないのだから。

そんなやつが、なにがクリスマスだ。

僕《ぼく》なんか、間引《まび》かれるべきやつなのだ。根を張《は》って、自分らしく生きていいわけないんだ。

だけど、もう一人の自分はそれを否定《ひてい》したがっている。

本当は僕《ぼく》だって、僕《ぼく》らしく生きていたいと、どこかで争っている。

十五歳《さい》　春

「釘《くぎ》がある程度《ていど》刺《さ》さって自立するまでは指を添《そ》えるように。あっ、金槌《かなづち》は柄《え》の下のほうを握《にぎ》って、指も一緒《いっしょ》に叩《たた》かないように、気をつけて」

「釘《くぎ》のどこ持てばいいの？」

「金槌《かなづち》の柄《え》って、この棒《ぼう》のこと？」

小五の男子が訊《き》くので、僕《ぼく》はそれに答える。

拓海《たくみ》と入《い》れ替《か》わるように年明けから入ってきた子なので、いまだ大工の初歩的なこともわかっていないから丁寧《ていねい》に指導《しどう》しなくてはならない。新しい鳥の巣箱を作っているのだが、なにも知らないくせにやりたがるので、見ていて危《あぶ》なっかしい。

「ほら、言ったじゃん、その持ち方はまずいって」

「木目に沿《そ》ったほうが繊維《せんい》どおりに切れるから、あまり力を使わないですむんだよ」

向こうのほうで、銀河《ぎんが》とイズミも先生みたいなことを小学生たちに言っていて、少しおかしくなる。こんな小さな学校でも、最高学年になると、張《は》り切《き》りたくなるのはみんな同じなのだろう。

四月も半《なか》ばをすぎた。ジャンパーを着ることが少なくなり、暖《あたた》かい日が安定して続くようになった。外で大工仕事ができる季節になり、子どもたちも活気づく。なんだかんだいって、やっぱり森には日差しが必要だ。

音夢《ねむ》はめでたく第一志望《しぼう》の学校に受かって、三月末に四国へと旅立った。自分が行きたくて決めたことなのだから当然だけど、音夢《ねむ》はとても嬉《うれ》しそうだった。ここを離《はな》れることが少しも寂《さび》しくなさそうで、清々《すがすが》しいほどだ。

まいまいもさっぱりした態度《たいど》だったけど、「音夢《ねむ》がいなくなって寂《さび》しいんじゃないの？」と訊《き》いてみた。そりゃそうよ、とまいまいは肯定《こうてい》しながらも、こう続けた。

――音夢《ねむ》が六年生くらいの時、けっこう大変な反抗期《はんこうき》があったんだよね。よその子どもたちと暮《く》らすのが嫌《いや》だと急に言い出してプチ家出したり……今から思うと、寂《さび》しい思いをさせていたんだと思う。だって、この寮《りょう》にいるかぎり、あたしは校長であり、ここにいる子たちの母親役なんだもの。あの子の母親に徹《てっ》してあげることができない。あの子自身も、ここにいる限《かぎ》りは、ただの子どもではいられないんだから。ようやくこの場所から解放《かいほう》してあげられたわ。

まいまいがそう言うのを聞いて、音夢《ねむ》が言っていたことを思い出した。〝まいまいの娘《むすめ》〟でいることに、音夢《ねむ》が負担《ふたん》を感じていたのを、まいまいもわかっていたのだろう。

寂《さび》しさはあるものの、まいまいにしても、少し気持ちが楽になったのかもしれない。

自分が家を出る時には親の気持ちなんて考えたことがなかったが、まいまいと音夢《ねむ》を見ていて、自分がいない家にいる両親の姿《すがた》を想像《そうぞう》するようになった。

僕《ぼく》の場合、ここへの入学を母はけっこうすぐに認《みと》めてくれた。引きこもっているよりもましだと思ったのかもしれないし、アメリカに留学《りゅうがく》していたことのある母は、なににおいても子どもの考えを尊重《そんちょう》したいと思っているからかもしれない。反抗期《はんこうき》の姉にも苦労していたから、僕《ぼく》が家を出るなら楽だと思ったのかもしれない。

いずれにしても、母はあっさりと賛成《さんせい》してくれた。実際《じっさい》に家を出る間際《まぎわ》になると、急にハグしてきたり、涙《なみだ》ぐんだりしていたけれど。

姉はいつもスマホばかり見ていて、弟がどこに通うことになろうが興味《きょうみ》がなさそうだった。だけど、べつに仲が悪いわけではない。頑張《がんば》りなよ、と言ってくれた。

父は大反対だった。福岡にある有名らしい高校から東京の国立大学に進んで、公認会計《こうにんかいけい》士《し》として「先生」と呼《よ》ばれている父には、僕《ぼく》の選択《せんたく》は論外《ろんがい》なのだ。

どうせ普通《ふつう》の学校にも通えないのだからと最終的にはあきらめたようだけど、今でもよしとしていない。父の価値観《かちかん》では、普通《ふつう》の義務《ぎむ》教育の課程《かてい》を受けなかったら、そこで人生が終わってしまうのだ。父にとってフリースクールは学校ではないから、冬休みに帰った時も、そろそろ学校に戻《もど》ったらどうだ、と言ってきた。

――俺《おれ》の子とは思えない。

いつかに言われた言葉は、定期的によみがえって、僕《ぼく》の胸《むね》を押《お》しつぶす。けれど、それをしょうがないと思えるようにもなっていた。カエルの子はオタマジャクシだ。自分は自分なんだ。

「おーい、薫《かおる》！　お母さんから電話だよ」

そんなことを考えていたら、まいまいに呼《よ》ばれた。僕《ぼく》は軍手を外して、寮《りょう》の入り口にいるまいまいのほうへ駆《か》け寄《よ》り、子機を受け取った。

「もしもし」

「薫《かおる》？　全然スマホに出ないんだから」

少し不満そうな母の声が答えた。

「決まった時間以外は、使わないことになってるって言ったじゃん」

「そっか。あんなにゲームばかりしていたのに変わるものね。元気でやってるの？」

「やってるよ。で、なに？」

先を促《うなが》すと、あのね、と母の声のトーンが低くなった。

「聖空《せいあ》くんのおうち、引《ひ》っ越《こ》すんだって」

「えっ？　そうなの？」

「うん。だからなにって感じかもしれないけど、まあ一応《いちおう》、伝えておいたほうがいいかなって。あんたたち、親友だったから」

「なんで引《ひ》っ越《こ》すの？」

「聖空《せいあ》くんがいないのに、あそこに住んでいるのはつらいとは言っていたのよ。ようやく、聖空《せいあ》くんのお父さんの転勤《てんきん》が決まったんだって。聖空《せいあ》くんのお父さんはもうそっちに行っちゃってるみたい。薫《かおる》、聖空《せいあ》くんのおうちには入《い》り浸《びた》ってた頃《ころ》もあったたし、挨拶《あいさつ》しておいたほうがいいかなと思って。もちろん、無理しなくてもいいんだけど」

「いや」

「帰ってくる？」

「うん……」

「一応《いちおう》言っておこうかなって思っただけで、無理しないでもいいんだよ」

「いつ引《ひ》っ越《こ》すの？」

「来週の土曜には引《ひ》っ越《こ》し屋さんが来るって」

　セアの家族が遠くに行くということは、セアがさらに遠いところに行ってしまうように思えた。もうこの世にいない人間が、さらに遠くというのもおかしいのかもしれないけれど。それに……。

「セアのお母さん……どうしてる？」

「どうって、まあ、顔を合わせれば普通《ふつう》に会話はするし、一見元気そうにはしているけど……とりあえず、聖空《せいあ》くんのお母さんにご都合を聞いてみるわね。薫《かおる》が挨拶《あいさつ》しに行ったら、喜《よろこ》んでくれると思う」

　電話を切った後、みんなが楽しそうにしている輪に戻《もど》る気持ちにはなれなくて、広縁《ひろえん》の隅《すみ》っこでぼんやりと座《すわ》っていた。

　どうしよう。

もやもやした煙《けむり》みたいな気持ちが湧《わ》き上《あ》がって、心のほとんどをくもらせるほどに覆《おお》いつくす。

どうしたらいいんだろう。

うまく考えがまとまらないけれど、ただ一つわかっていることがあった。

セアのお母さんに会って、伝えるべきことがあるということ。

伝えなくては……わかっている。ずっとわかっている。引《ひ》っ越《こ》してしまったら、もう会えなくなる……だから、その前に。じゃないと、いつか自分が後悔《こうかい》するかもしれない。

たくさんの思いが次から次へと押《お》し寄《よ》せるのに、それらをうまく言葉にできない。もどかしさばかりがふくらんで体の中で張《は》り裂《さ》けそうになる。

セアの顔を思い出そうとした。毎日のように見ていたその顔が、ピントの合わないカメラで見ているみたいにぼやけてしまう。

――俺《おれ》の友達、カールだけだからさ。

忘《わす》れたくない、忘《わす》れるものかと強く思っていても、人間は必ず忘《わす》れていく。残酷《ざんこく》なまでに、時間はとめどなく一方向にしか流れない。

「こんなところでさぼっている人がいる」

その声で顔を上げると、タオルで顔を拭《ふ》きながらイズミがこちらを見下ろしていた。

「……さぼってるわけじゃ」

「薫《かおる》、なにかあった？　お母さんから電話だっけ？」

イズミは妙《みょう》に勘《かん》がいい。顔をのぞき込《こ》まれて、僕《ぼく》は思わずそっぽを向いた。

「べつに」

「べつに、って顔してないんだけど」

「なんでもないって」

すべてを見透《みす》かされてしまいそうで、思わず声を荒《あら》らげた。苛立《いらだ》った自分の声を聞いてから、やばいと思ったけれど、こっちも余裕《よゆう》がない。

「なんで怒《おこ》るの？」

「怒《おこ》ってないよ」

「イラついてんじゃん。人が心配して声かけただけなのに」

「だから、なんでもないって言ってるじゃん」

「あっそ」

尖《とが》った声でそれだけ言い残し、イズミは踵《きびす》を返してスタスタと向こうへ行った。

なんなんだよ。こっちだって、一人になりたいことだってあるんだよ。こういう時、ここでの生活が不自由に思えた。でも、だからといって一人きりになるのは怖《こわ》い。

夕飯の時、イズミは目を合わせようともしなかった。僕《ぼく》とイズミの間の険悪《けんあく》な空気は、さすがに鈍感《どんかん》な銀河《ぎんが》でも気づいたらしい。

「二人、喧嘩《けんか》してんの？」

焼きうどんをすすった口で、銀河《ぎんが》は僕《ぼく》に訊《き》いた。鈍《にぶ》いやつだから、こういう状況《じょうきょう》での配慮《はいりょ》ある訊《き》き方というのも知らない。

「べつに」

また突《つ》っぱねるような言い方をしてしまって、内心まずい、と思うけれど取《と》り繕《つくろ》えない。

「嘘《うそ》だ、なんか変じゃん。なあイズミ」

「はあ？」

「なんか怒《おこ》ってるっぽくね？」

「怒《おこ》ってないし」

明らかに怒《おこ》っている。

「なんだよ、感じわりーな」

八つ当たりされて、銀河《ぎんが》まで不貞腐《ふてくさ》れて、さすがに気まずくなった。考えてみれば、いや、深く考えなくても悪いのはこっちだ。さっきの自分のイズミへの態度《たいど》だってひどかった。僕《ぼく》の表情《ひょうじょう》が暗いことに気づいて、声をかけてくれたのに、あんな言い方はない。とはいえ、かまってほしくない時だってある。

それにどう謝《あやま》っていいのかもわからない。僕《ぼく》は黙々《もくもく》と夕食を食べた。

風呂《ふろ》から上がると、少し気分もスッキリした。心と体はつながっているなんてよく聞くけど、たしかに髪《かみ》を石鹸《せっけん》でわしゃわしゃと洗《あら》って温かいお湯につかって、ただそうするだけで、なに一つ解決《かいけつ》していないはずの心のもやはなぜか薄《うす》くなっている。

お風呂《ふろ》の順番でたいてい最後のほうを選ぶイズミは、八時すぎに浴室から出てきた。和室では珍《めずら》しくテレビがついていて、クイズ番組をみんなで観《み》ていた。

「あのさ」

できるだけなにげない様子で、首からかけているタオルで耳あたりを拭《ふ》きながら歩いてきたイズミに、僕《ぼく》は声をかけた。イズミは無言のまま、こちらを見た。わたしになにか用でも、と問うような距離《きょり》を置く目線だ。やっぱり、まだ根に持っている。

「おにぎり、食う?」

その提案《ていあん》を聞いて、イズミの眉間《みけん》に小さな皺《しわ》が寄《よ》った。

「歯、磨《みが》いたんだけど」

イズミは表情《ひょうじょう》のない声で言った。

だけど、の後にはきっと言葉が続く。そう思って、僕《ぼく》は先を待った。ここで一緒《いっしょ》に暮《く》らすようになって一年経《た》っていないけれど、もうわかる。僕《ぼく》たちは、おたがいが察し合っている。たぶん傍《はた》から見れば、雑《ざつ》に生活しているように見えても、じつは繊細《せんさい》に、相手の心のうちを窺《うかが》いながらやっていこうとしている。だから、わかるようになっていた。

「ばんちゃんが作ってくれる、胡麻《ごま》がバカみたいに入ってるやつがいい」

イズミが言った。

「あれな」

たしかにばんちゃんが作るおにぎりには、胡麻《ごま》がバカみたいに入っている。冷凍庫《れいとうこ》からご飯のストックを三つほど取り出して、僕《ぼく》はレンジに放り込《こ》んだ。

「これ、何分くらいすればいい?」

「三分やってみたら」

「胡麻《ごま》って、どこにあるの？」

「たぶん、ここらへん」

棚《たな》の小さな引き出しから、イズミが胡麻《ごま》の小袋《こぶくろ》を取り出す。

作業をしながら、少しずつ会話がいつもどおりになっていく。

「なにを作ってるの？　おにぎり？　よく食べるわね。ちゃんと片付《かたづ》けてよ」

台所の動きが気になったのか、まいまいがこちらにやって来た。その声が聞こえたのか、銀河《ぎんが》までやって来る。薫《かおる》が作るの？　俺《おれ》がやろうか？　と言うので、ほんとに？　と言ってしまいそうになったが、いや、いいから、と断《ことわ》った。そしてついでに銀河《ぎんが》の分まで作ることになった。

おにぎりなんて誰《だれ》でも作れるものだと思っていたけど、意外と簡単《かんたん》ではない。水をつけているのに手にはご飯粒《はんつぶ》がくっつくし、形がいびつになるし、見た目が悪くなるし、ここに来たばかりの頃《ころ》はひどい出来だったけれど、たいぶうまくなったと思う。なんとか三つのおにぎりを作って、台所の隅《すみ》っこの小さな台のところで三人で立ったまま食べた。そうしていたら、小学生たちがうらやましがって、それをなだめるため、けっきょくは銀河《ぎんが》が台所に立つことになった。

「さっきの……」

イズミと二人になったところで、僕《ぼく》が少し気まずそうに口を開くと、

「べつにいいよ」

さもたいしたことでもないというように、イズミはさらっと返した。でも、ここは曖昧《あいまい》にしてはいけないと思って、僕《ぼく》は意を決した。

「母親から電話があったんだよ。いつか話した、亡《な》くなった親友……セアの両親が引《ひ》っ越《こ》すんだって連絡《れんらく》だった」

「セアくんの両親？　そっか……そうだったんだ」

「それ聞いて、焦《あせ》っちゃって、なんか変な態度《たいど》になった。ごめん」

「引《ひ》っ越《こ》したら、困《こま》るの？」

イズミはこちらの顔を窺《うかが》うように見る。

「セアの両親にもう会えなくなるから」

「ああ、かもね」

「だと、まずいんだ」

「まずいって、なにが？」

イズミはおにぎりを食べ終えた指をティッシュで拭《ぬぐ》いながら、僕《ぼく》に訊《き》いた。

「言わないといけないことがあるんだ……セアの両親に」

「言わないといけないこと？」

「でもじつのところ、言わないといけないのかどうかわかんない」

「どういうこと？」

「言うべきなのかどうかもわからないけど、たぶん言わなくちゃいけないって思ってて、だけど、ずっと言えないまま、ここまで来て……でも、どうしたらいいんだろう。もう会えなくなったらさ、言いたくても言えなくなるわけで……ごめん、事情《じじょう》もわからないのに、そんなこと訊《き》かれても答えようがないよな」

自分でもしどろもどろなことを言っていると思った。

「たしかに答えようがないけど……要するに、薫《かおる》はセアくんの両親に話すべきだと思っていることがあるってこと？」

整理するように訊《き》かれて、まあ、と僕《ぼく》は曖昧《あいまい》にうなずいた。

「俺《おれ》が知っていることを話すべきだと思うんだけど、話すことで、セアの両親がよけいに傷《きず》つくこともあるかもしれない、とも思ったり」

セアが亡《な》くなって一年半以上過《す》ぎた今、セアの両親は心の整理をつけようとしているのだろう。だからこそ、セアと暮《く》らした家を引《ひ》っ越《こ》そうとしているのだろう。そんな時に僕《ぼく》が話すことで、またセアの両親の傷口《きずぐち》を抉《えぐ》ってしまうことになるかもしれない。それも怖《こわ》かった。

「よくわからないけど、そのことはきっと薫《かおる》を苦しめているんだね」

「中途半端《ちゅうとはんぱ》なことを言って……気になるよな。ごめん。僕《ぼく》が抱《かか》えていることを一番に打ち明けるべきなのは、セアの両親だから、今はイズミにも話せない。でも、一人で抱《かか》えるのが苦しくて、ちょっと限界《げんかい》にきてるのかも。それもあってイライラもしていた。イズミなら、なにか助言をくれそうだなと思って、こんなふうに打ち明けてみたんだけど」

「助言か。あまりにも具体的なことがわからないから、なんとも言えないけどさ」

「……だよな」

おにぎりを和室で小学生たちに食べさせていた銀河《ぎんが》が、また器を持ってこっちに戻《もど》ってきた。器には、オレンジ色の果物が二つのっていた。

「びわだよ。近所からもらったって、冷蔵庫《れいぞうこ》の中に入ってた。夕飯に出し忘《わす》れたんだな、まいまい」

「ありがと」

「サンキュ」

僕《ぼく》とイズミが一個《こ》ずつ手に取るのを見た銀河《ぎんが》は、ふう、とどこかわざとらしい息を吐《は》いた。

「二人、仲直りしたみたいでよかったぜ」

小さくそう言って、かっこつけたように立ち去った。なんだあれ？　と僕《ぼく》とイズミは顔を見合わせ、声を押《お》し殺《ころ》すようにして笑った。

びわの皮は薄《うす》くて、爪《つめ》の先でひっぱるとスルスルとむけた。甘《あま》くて、少しだけ青っぽい匂《にお》い。

「わたしが、母親のお腹《なか》に赤ちゃんがいて再婚《さいこん》することになったって言われたの、六年生になってすぐだった」

イズミもびわの皮をむきつつ、話しはじめた。

「こっちは受験でたいへんなのにって、最初はむかついたよね。でも、先延《さきの》ばしにされたところでいいことないんだなって気づいて、自分なりに受け入れた。わたしの母親って、離婚《りこん》する時も、再婚《さいこん》も、自分のタイミングで決めちゃうんだ。それをおばあちゃん……お母さんのお母さんは、酷《ひど》いって言ってた。酷《ひど》い母親だって。そういうわけで、おばあちゃんとお母さんは仲が悪いんだけど」

「そんなこと言ってたな」

だから、イズミにとって斉藤《さいとう》さんはおばあちゃんみたいで一緒《いっしょ》にいたくなるのだろう。

「わたしの母親は、はっきりしてるんだ。自分で決めたことを、わたしにまっすぐに伝えてきて、そこでわたしがどう感じて受け取るか、それはわたしの問題だと言いたいんだと思う。おばあちゃんから見たら自分勝手な親に見えるのかもしれないけど、わたしはそれでいいように思ってる。実際《じっさい》、わたしの気持ちはわたしだけのものだから。おばあちゃんが想像《そうぞう》しているものとも、違《ちが》っているから」

「そうなんだ」

「このことと薫《かおる》が抱《かか》えていることと、共通するところがあるのかわかんないし、無責任《むせきにん》なことを言えないけど……薫《かおる》は薫《かおる》の思うようにすればいいんだと思うよ」

「俺《おれ》の思うように？」

「自分が投げた球がどっちの方向に行くのか、どう返ってくるか、わからないものじゃん。投げた球が返ってこないこともある。薫《かおる》の気持ちは薫《かおる》だけのものだし、セアくんのお父さんとお母さんの気持ちも、その人たちだけのものだし、考えてもしょうがないよ。だから さ、薫《かおる》が思うようにするしかないと思う。わたしが言いたいこと、伝わってる？」

少しだけ眉間《みけん》に皺《しわ》を寄《よ》せるようにして、イズミは僕《ぼく》の目を見た。イズミの言っていることのすべてを理解《りかい》できていないかもしれないけど、すごく大事なこと言ってくれているっていうのは、伝わった。僕《ぼく》は一つうなずいた。

「ありがとう」

うまく言葉が出てこなかった。本当はもっと、ありがとう以上の文字数で言いたいことがあるのに、イズミから受け取ったことが整理しきれなくて、僕《ぼく》は不器用に口をつぐんだ。もっと自分の気持ちをうまく言語化できるようになりたい。そして、イズミにちゃんと話したい。いつか、そんな自分になりたい。

＊

黒いインターフォンを押《お》すと、はーい、とすぐに応答《おうとう》があった。あらかじめ僕《ぼく》が挨拶《あいさつ》したいと母が伝えていたので、待っていてくれたのだろう。

「薫《かおる》くん、わざわざありがとうね」

ジーンズと黒いパーカーという恰好《かっこう》で、セアのお母さんは外に出てきて門を開けてくれた。記憶《きおく》よりも髪《かみ》が短くなっていて、別の人に見えた。

「また背《せ》が伸《の》びたんじゃない？」

目を細めて微笑《ほほえ》むセアのお母さんは、少し小さくもなっていた。こちらが大きくなっただけなのかもしれないけれど、僕《ぼく》の目にはしっかりとふくらんでいた風船がしぼんだように映《うつ》った。さあ、と促《うなが》され、僕《ぼく》は家の中に入る。

「段《だん》ボールだらけで、くつろいでもらえる雰囲気《ふんいき》でもなくてごめんなさいね。スリッパもしまっちゃったんだわ」

そう言うとおり、段《だん》ボール箱だらけだった。何度も遊びに来ていたリビングにあった、食卓《しょくたく》も椅子《いす》も、ソファも棚《たな》も、大きな家具のほとんどがなくなっていた。ただ、真ん中に座卓《ざたく》だけあった。おやつをもらうと、よくこの座卓《ざたく》で食べながら二人でゲームをした、そんな時間が脳裏《のうり》に蘇《よみがえ》る。

「これ、どうぞ」

そう言って、麦茶と小皿にのったびわが出された。

「寮《りょう》生活してるんだよね。新しい学校は慣《な》れた？　すごいな、親元を離《はな》れて暮《く》らすなんて。まだ中三でしょう。すごいよ、ほんとに。今日はちょっとあったかいね。最近寒かったもんね」

床《ゆか》に置かれたクッションの位置を微妙《びみょう》に変えたり、窓《まど》を開けたりしながら、セアのお母さんは言った。僕《ぼく》はここに来て、まだひと言も話せないままで、でも明るく話してくれるセアのお母さんに、とにかくなにか言わなくてはいけないと思った。

「すいません……急に来ちゃって」

それで、そう言った。声を発し、ようやくなぜここに来たのかを思い出せた。

「ううん、嬉《うれ》しい。聖空《せいあ》も喜《よろこ》んでる。ぜったい、喜《よろこ》んでるよ。わたしには、わかるから。そうそう、聖空《せいあ》の部屋のものとか、お仏壇《ぶつだん》ももう持っていっちゃってね、手元にあるのは位牌《いはい》と写真だけなのよ」

セアのお母さんはいったん部屋の外に出ていくと、それらをどこからか持ってきて座卓《ざたく》に置いた。

写真立てのセアはグレーのポロシャツを着て、嬉《うれ》しそうにピースしていた。どこかに旅行した時のものなのか、後ろには真っ青な海が写っていた。

「聖空《せいあ》は、薫《かおる》くんのことが大好きだったのよ。年下なのに、一緒《いっしょ》に遊んでくれてありがとう」

「いや……」

うまく言葉が出てこない。

「あの子の人生は短すぎたけど、薫《かおる》くんのような大事な友達もできて、短いなりに充実《じゅうじつ》していたんじゃないかな。こんなふうに思えるようになったのも、最近になってからなんだけど」

セアのお母さんの声が、なにもない部屋に響《ひび》いて聞こえた。外のどこからか聞こえてくる犬の鳴き声も遠い。この家全体が、なにかの膜《まく》の中にあるみたいに思えた。

「僕《ぼく》の……」

正座《せいざ》した腿《もも》の上に置いた手をぎゅっと握《にぎ》りしめ、僕《ぼく》は声を振《ふ》り絞《しぼ》った。

「うん？」

「僕《ぼく》の、せいなんです」

「どうしたの、薫《かおる》くん？」

「あの夜……じつは、セアに誘《さそ》われました。川に一緒《いっしょ》に行こうって言われて……でも、僕《ぼく》は断《ことわ》ってしまって」

僕《ぼく》はうつむいたまま、目を閉《と》じたまま、とにかく口を動かした。顔を上げたら、目を開けてしまったら、怖《こわ》くてなにも言えなくなってしまいそうだった。

「聖空《せいあ》が、川に行こうって誘《さそ》ったの？」

「あの日の昼間に、セアは川の土手にトゥアタラらしき生き物がいたって言ったんです。トゥアタラってニュージーランドにしか生息しないトカゲで、セアがめちゃくちゃ好きだって言ってたやつで……自分と顔が似《に》てるって、だからかわいいって。でも、川の土手にいるわけないいんですよ。絶滅危惧種《ぜつめつきぐしゅ》だからペットとしても飼《か》えないし、普通《ふつう》に考えて、日本で見られるわけなくって……トゥアタラって六十センチくらいあるから、ヤモリやニホントカゲと見間違《みまちが》えるってこともないいんです。だから、ありえないって言ったんだけど、セアはぜったいにそうだって言い張《は》って。トゥアタラは夜行性《やこうせい》だから、夜なら見つけられるかもしれないし、探《さが》しにいこうって。俺《おれ》、やっぱりありえないって思ったし、学校のテストも近かったから、断《ことわ》っちゃって……セア、すごいがっかりして」

「……薫《かおる》くん」

「あいつ、ほんとにがっかりして……『つまんねえやつ』って言って、二階の窓《まど》を閉《し》めちやって……それが、最後の会話で」

必死で話した。話しながら息を吸《す》い込《こ》むたびに、肺《はい》とか心臓《しんぞう》とかがロープで縛《しば》りあげられているように痛《いた》んだ。

「だから……僕《ぼく》の、せいです。あの夜、僕《ぼく》がもっと引《ひ》き留《と》めるべきだったし、それか一緒《いっしょ》についていってたら」

あんなことには……。

ずっと言えなかった。誰《だれ》にも言えなかった。

セアの死が、自分の責任《せきにん》だと認《みと》めたくなかった。誰《だれ》かに、セアが死んだのは僕《ぼく》のせいだと言われるのが怖《こわ》かった。

自分の親、セアの親、警察《けいさつ》、先生……いろんな大人が調べていけば、自分が黙《だま》っていることも明るみに出るかもしれない。そのことに怯《おび》えていたけれど、どんなに時間が経《た》っても、そんなことはなかった。セアはすぐに見つかったから、警察《けいさつ》の捜索《そうさく》はすぐに終わった。学校でも全校朝礼でセアの話になったし、テレビのニュースにもなったけれど、セアのことで大人が僕《ぼく》のところに話を聞きにくることはなかった。

それはまた、違《ちが》った地獄《じごく》の日々《ひび》のはじまりだった。自分が話さなければ、誰《だれ》も知らない事実を、自分を守るために黙《だま》っていなくてはならなくなった。

「ごめんなさい……ほんとに……」

「薫《かおる》くん」

「僕《ぼく》のせいで……セアが」

「あなたのせいじゃないよ」

「でも……やっぱり僕《ぼく》が」

「全然違《ちが》うよ！　だから……お願いだから、泣かないで」

そう言われて、自分が泣いていることに気づいた。熱くなった顔を、ぬるくてベタベタした涙《なみだ》が濡《ぬ》らしていた。鼻水もあふれて、口の端《はし》からしょっぱい液体《えきたい》が流れ込《こ》んだ。

「あいつが……」

死んでしまうなんて、今でも信じられない。

信じたくない。

空《から》っぽになったこの部屋に入ってきて、びっくりさせてほしい。話せば話すほど、胸《むね》が、喉《のど》が、引き裂《さ》かれるように痛《いた》んだ。だけど、もう黙《だま》っていられない。限界《げんかい》なんだとわかっていた。

「僕《ぼく》がちゃんと止めるべきだった……止められなかったら、ついていくべきだった。だってあいつは夢中《むちゅう》になったら突《つ》っ走《ぱし》るところがあるんだから、それをわかっていたのに……僕《ぼく》が行かなかったら勝手に一人で行こうとすることくらい、想像《そうぞう》できたはずなのに」

「薫《かおる》くん」

「なんのためにあんなに一緒《いっしょ》に遊んだんだか……なんのための友達だったんだか……自分で自分が嫌《いや》になる……本当に嫌《いや》になって、嫌《いや》になって、許《ゆる》せなくて。こんな僕《ぼく》こそ、もう……」

「違《ちが》う、薫《かおる》くん！」

「でも……」

こんな僕《ぼく》こそ、いなくなったほうがいい。

声にならない声が喉《のど》の奥《おく》に詰《つ》まって、呼吸《こきゅう》することもつらいほどに痛《いた》んだ。

「あなたの思っていること、違《ちが》うから。そうじゃないから。お願い、こっち見て」

両肩《りょうかた》を強く捕《つか》まえられ、僕《ぼく》は顔を上げた。

目の前にいるその人を見た。

「バカなことを思わないで。今、君がなにを思っているか、わたしにはわかるんだから。

だから言うよ。ぜったいに、そんなことを考えるのはやめて。どうしてかって、わたしも同じなんだから」

意味がわからなくて、僕《ぼく》は目で問い返した。

同じ？　いったいこの先にどんな言葉が続くのか想像《そうぞう》できなくて、僕《ぼく》は顔を歪《ゆが》めた。

セアと似《に》た目を持つその人は、まっすぐに、じっとこちらを見つめていた。

「わたしも誘《さそ》われたの。絶滅危惧種《ぜつめつきぐしゅ》のトカゲがいたんだって。だから探《さが》しに川に行きたいって。だけど、ダメだって言ったの。絶滅危惧種《ぜつめつきぐしゅ》のトカゲが東京の土手にいるわけないし、それに夜に川に行くのは危《あぶ》ないんだからって。その日、わたしは仕事が残っていたから家でしなくちゃいけなくて、セアにかまっていられなかった……だから、すごくいい加減《かげん》に聞き流すようにそう言って、すませたんだよ」

セアのお母さんは正座《せいざ》している腿《もも》の上に乗せた両手をぎゅっと握《にぎ》り締《し》めて、一度言葉を止めると、痛《いた》みに耐《た》えるようにうつむいた。

「まさか家を抜《ぬ》け出《だ》して一人で行くなんて思ってなかった。そこまで本気でそのトカゲを探《さが》していたって思ってなかったの。あの子が朝起きてこなくて、ベッドにも……」

セアのお母さんは、顔を両手で覆《おお》うと背中《せなか》を震《ふる》わせた。

「わたしのせいなんだよ……どう考えても、一番悪いのは、母親のわたしで……」

思いがけないことを聞いて、僕《ぼく》の涙《なみだ》は止まっていた。

「おばさん……」

なんと声をかけていいのかわからず僕《ぼく》が呼《よ》びかけると、セアのお母さんは顔を上げて、ただ首を横に振《ふ》った。

そしてそういう経緯《けいい》があったから、事件性《じけんせい》はないだろうと判断《はんだん》もされていることを、セアのお母さんは説明してくれた。

「嘘《うそ》っていうかね、あの子はたまに、夢《ゆめ》と現実《げんじつ》がごっちゃになったことを言うことがあったの。あの子が本気で、近所の土手に珍《めずら》しいトカゲがいると思っているなんて考えなかった。でも、探《さが》しに行ったってことは、あの子なりに、本気だったんだよね。考えてみたらわたし、聖空《せいあ》が話す非現実的《ひげんじつてき》なこと、だいたい嘘《うそ》だと思って聞き流してきたのかもしれない。なんて酷《ひど》いことを……」

言葉を詰《つ》まらせたセアのお母さんは、堰《せき》を切ったように泣きだした。

「ごめんね……聖空《せいあ》……薫《かおる》くんもごめんなさい」

「いや……」

「本当に……ごめんなさい」

まるで謝《あやま》り合いのゲームをしているみたい。

「あのう……」

うまく言葉が出てこなくて、僕《ぼく》は首を横に振《ふ》った。するとセアのお母さんはティッシュを取り、目を拭《ぬぐ》うと、気持ちを切《き》り換《か》えるようにこちらを向いた。そして僕《ぼく》にもティッシュを一枚《まい》差し出した。僕《ぼく》は黙《だま》ってそれを受け取る。

「いくら泣いたところであの子は帰ってこない。だったら、あの子に恥《は》じないように、しっかりしなくちゃと決めたのに……ダメね。そうだ……麦茶、どう？」

「……はい」

「びわ、好き？」

「……はい、好きです」

「聖空《せいあ》も好きだったの、びわが」

そう言われると、過去《かこ》のどこかで、セアとびわを一緒《いっしょ》に食べたことがあるように思った。あまりにもたわいのない出来事すぎて、その情景《じょうけい》を思い出すことはできないけど、びわを食べるあいつの顔だけは思い浮《う》かんだ。嬉《うれ》しそうに、ニコニコしながら、丸ごと口に放り込《こ》んだはずだ。

「セアのお母さんが泣いたら、セアは悲しむと思います」

「薫《かおる》くん」

「セアは優《やさ》しいから、泣いたら、悲しみます」

「その言葉、そのまま薫《かおる》くんにも返す。薫《かおる》くんが泣いたら、聖空《せいあ》は悲しむよ」

僕《ぼく》はただ一つうなずいた。

「あの子のことを忘《わす》れないでいてくれて、ありがとう。でも、薫《かおる》くんは前を向いていて。聖空《せいあ》ができなかったことを、薫《かおる》くんにはたくさんしてほしい。あの子がしたかったことを代わりにしてくれることになるかもしれない。あの子、すごく喜《よろこ》ぶと思うわ」

セアがしたかったことって……なんだろう。

――トゥアタラを探《さが》しにニュージーランドに一緒《いっしょ》に行こうよ。ねえ、カール。

耳の奥《おく》から、セアの声がした。

「あっ……ニュージーランド」

膝《ひざ》で握《にぎ》りしめた手の力を解《ほど》くようにして、僕《ぼく》は言った。

「ニュージーランド?」

「セア、いつかニュージーランドにトゥアタラを見に行きたいって」

「そうなんだね」

「代わりに僕《ぼく》が行ったら、喜《よろこ》んでくれるかも」

「そっか……ニュージーランドか」

「それ、僕《ぼく》の夢《ゆめ》にしてもいいですか？」

セアのお母さんは微笑《ほほえ》んでうなずいた。

自分には夢《ゆめ》なんて持てないような、持ってはいけないような、そんな気がしていたけれど、よかった。夢《ゆめ》を持てた。セアのおかげで。

「薫《かおる》くん、もう一度だけ、謝《あやま》らせて。ごめんね。ずっと苦しかったでしょう。誰《だれ》にも話せないまま、今までいたんでしょう。重かったね、ずっと」

セアのお母さんは両手を伸《の》ばすと、僕《ぼく》を抱《だ》きしめた。黒いパーカーから柔軟剤《じゅうなんざい》の匂《にお》いがした。その香《かお》りを思い出したら、また頰《ほお》に涙《なみだ》が流れた。

セアの家でお風呂《ふろ》に入った時とか、セアのお母さんが服を洗濯《せんたく》してくれて返ってくると、いつもこの匂《にお》いがした。優《やさ》しい匂《にお》い。セアのお母さんの手が背中《せなか》を何度も、何度も撫《な》でた。

テーブルの上の小皿のびわを見て、イズミの顔が思《おも》い浮《う》かんだ。

イズミ、やっぱりお前はすごいな。自分が投げた球がどう返ってくるかなんて、こんなにもわからないものなんだな。寮《りょう》に帰ったら、そう話をしよう。その人の体温と、重みと、匂《にお》いを感じながら、僕《ぼく》はそんなことを思った。

十五歳《さい》　夏

一年過《す》ごしてみて、自然ってこんなにもいろんな表情《ひょうじょう》を持っていることに驚《おどろ》いて、その時々《ときどき》で、心を奪《うば》われるほどの景色を目にしてきたけれど、やっぱり夏だ。

春から勢《いきお》いづいた木々《きぎ》や草の緑がどんどん色濃《こ》くなり、野蛮《やばん》なまでに生《お》い茂《しげ》り、いろんな生き物たちが昼も夜もなく騒々《そうぞう》しくなる。草いきれがまとわりつくほどに濃《こ》い。日が当たっているところは肌《はだ》が痛《いた》いほど暑いのに、木陰《こかげ》に入ると、違《ちが》う世界に迷《まよ》い込《こ》んだかのようにひんやりとしている。なによりも、光を含《ふく》んだ川は、有無を言わせない魔力《まりょく》があった。

僕《ぼく》はその魅力《みりょく》に引《ひ》き込《こ》まれそうになりながらも、まだ川には入れず、ただながめている。

森ですごす二度目の夏だ。

「枝豆《えだまめ》……半端《はんぱ》ない」

僕《ぼく》の肩《かた》を超《こ》えるほどにそだった枝豆《えだまめ》は、収穫《しゅうかく》してもしきれないほどに実がついている。青臭《あおくさ》い匂《にお》いに鼻孔《びこう》をくすぐられて、一つくしゃみが出た。

「鈴《すず》なりとは、こういうことよね」

背中《せなか》合わせで収穫《しゅうかく》している斉藤《さいとう》さんの声は元気だ。

「野菜って、なんか化け物みたい。ちょっと見ないうちに、こんなに大きくなってるなんて」

うんざりした声で、僕《ぼく》と同じようにハサミで枝豆《えだまめ》を切っていたイズミが言った。

「ハサミを持つ手が、軍手の下で蒸《む》れて気持ち悪いんだけど」

銀河《ぎんが》はため息をつく。

「たいして手をかけていないのに、すごいものだわ、生命力って。ちょっと休憩《きゅうけい》しましょうか」

斉藤《さいとう》さんがそう言うので、収穫《しゅうかく》したものを詰《つ》め込《こ》んだバケツをそれぞれ持ち、僕《ぼく》らは母家《おもや》の軒下《のきした》へと運んだ。

やっと日陰《ひかげ》に入って首に引《ひ》っ掛《か》けたタオルで汗《あせ》だくの顔やら首を拭《ふ》いた。かぶっていた麦わら帽子《ぼうし》を取り、それで顔を扇《あお》いだ。

農作業の時に借りて履《は》く黒い長靴《ながぐつ》は、すっかり土だらけだ。踵《かかと》をトントンと地面に打ちつけて払《はら》った。鼻下も汗《あせ》をかいていて、軍手で擦《こす》ったら苦い土の匂《にお》いがする。ベタベタして気持ち悪いはずが、それほどいやじゃない。むしろどこかスカッとしたような解放感《かいほうかん》で太陽に目を細めた。

「おつかれさま。いつもありがとね。はい、どうぞ」

斉藤《さいとう》さんは大皿に盛《も》った茹《ゆ》でたての枝豆《えだまめ》と麦茶をお盆《ぼん》にのせて持ってきた。麦茶を一気に飲み干《ほ》して、熱々《あつあつ》の枝豆《えだまめ》を口に入れて豆だけ食べて皮を出す。

「うめーな」

「斉藤《さいとう》さん、やばいよ、この甘《あま》さ」

銀河《ぎんが》とイズミもしみじみと言う。

「形はまちまちだけど、味が濃《こ》いでしょう」

斉藤《さいとう》さんがうなずく。

「味濃《こ》いし、塩加減《かげん》サイコー」

僕《ぼく》も親指を立てた。

「こんな暑い中を働いてもらって、悪いわね」

「好きで来てるからいいんだよ」

イズミが斉藤《さいとう》さんにそう言って、なあ、とこっちに話を振《ふ》る。

「だな」

僕《ぼく》は苦笑した。まあ、暑いことは暑いんだけど。

「一人じゃ無理だから、助かるわ」

そう言いながらも、斉藤《さいとう》さんが一番収穫《しゅうかく》している。体力なら負けないように思うけど、畑仕事に慣《な》れている斉藤《さいとう》さんは無駄《むだ》な動きがないのだろう。

イズミは枝豆《えだまめ》の皮だけになった大皿とみんなから空《から》のグラスを回収《かいしゅう》すると、斉藤《さいとう》さんの家の中に入っていく。週二、三は斉藤《さいとう》さんのところに通っているから、まるで自分の家のようだ。

「あら、来てるわね」

突然《とつぜん》そう声を上げた斉藤《さいとう》さんは、向こうのほうを見ていた。

「えっなに？」

僕《ぼく》が訊《き》くと、こっちこっち、と言って斉藤《さいとう》さんは畑の端《はし》っこのほうへと歩いていった。

「なんかいるのかな」

銀河《ぎんが》が斉藤《さいとう》さんのほうへと駆《か》け寄《よ》っていくので、僕《ぼく》とイズミもついていった。低い木の前で止まった斉藤《さいとう》さんは、しゃがんで下のほうからその木をのぞき込《こ》むようにしていた。

「なにやってんの？」

銀河《ぎんが》が訊《き》くと、斉藤《さいとう》さんはつまんだ葉の裏《うら》を指差す。

「あったあった」

そう言うので、僕《ぼく》らも同じような体勢《たいせい》になってのぞく。斉藤《さいとう》さんがつまんだ葉っぱの裏《うら》には、小さな白い粒《つぶ》がくっついている。

「卵《たまご》？」

僕《ぼく》が訊《き》くと、斉藤《さいとう》さんはうなずく。

「レモンの木に産みにくるのよ」

小さな影《かげ》がちらつくと思って顔を上げると、アゲハチョウが一匹《ぴき》舞《ま》うように飛んでいる。理科の授業《じゅぎょう》で習った。アゲハチョウは柑橘系《かんきつけい》の樹木《じゅもく》に、モンシロチョウはアブラナ属《ぞく》の植物に産卵《さんらん》する。よく見ると、青虫もいた。

「『はらぺこあおむし』だ。葉っぱがかじられてる」

イズミが嬉《うれ》しそうに言うので、僕《ぼく》も子どもの頃《ころ》に好きだった絵本を思い出した。

「こんなに小さいのに、よく食べるものだから、葉っぱを食べつくされるのよ」

「レモンの実は大丈夫《だいじょうぶ》なの？」

銀河《ぎんが》が心配そうに斉藤《さいとう》さんを見た。

「育ちが悪くなっちゃうわね。実のことを考えると駆除《くじょ》しないと」

「するの？」

もそもそと動いている青虫を見ていると、かわいそうな気がした。野菜だって害虫を駆《く》除《じょ》して育てているのに、子どもの頃《ころ》の絵本で親しみがあるからかわいそうと思うのは都合がいいと思ったが、人の気持ちなんてそんなものだ。

斉藤《さいとう》さんは微笑《ほほえ》みながら、ううん、と首を横に振《ふ》った。

「だって、これはアゲハチョウのために育てている木だから。前に話したっけ、おばちゃんの生まれたところでは、蝶々《ちょうちょう》は死者の化身《けしん》と言われているって」

「あ、これ」

イズミは首にかけているものを、Tシャツの下からひっぱりだした。斉藤《さいとう》さんからもらった、玉ハビルだ。

「蝶々《ちょうちょう》がなにって？」

斉藤《さいとう》さんの島の話を聞いていない銀河《ぎんが》はなぜか僕《ぼく》に訊《き》く。

「死者の化身《けしん》って……つまり、生まれ変わりみたいなことかな。そういう言い伝えが斉藤《さいとう》さんが生まれ育った島にあるんだって」

「これは、蝶々《ちょうちょう》をかたどったお守りなの」

イズミが補足《ほそく》した。

「誕生日《たんじょうび》にもらったって言ってたやつだよな」

銀河《ぎんが》はイズミの首元に顔を近づける。

「イズミちゃん、つけてくれているんだね」

「毎日つけてる。だって、お守りなんだもんね」

イズミの言葉に、斉藤《さいとう》さんはいとしげに目を細めた。

「死者は蝶々《ちょうちょう》……ハビルに生まれ変わって、会いたい人のところに会いに行くの。そのためには、安心して卵《たまご》を産める場所がないと」

アゲハチョウが風に乗るように、隣《となり》の雑木林《ぞうきばやし》のほうへと飛んでいくのを見送りながら、斉藤《さいとう》さんはつぶやいた。

「人とかかわるのが億劫《おっくう》で、友達付き合いも苦手だったんだよ」

岩場に座《すわ》って、イズミは石を川に投げながら言った。

斉藤《さいとう》さんの家を出て、森に寄《よ》った。小学生グループとまど兄がいて、銀河《ぎんが》はそちらに行って、岩場に僕《ぼく》と二人になったところで、イズミはそんなことを話しだした。

「家に帰ってもお母さんの反応《はんのう》がいちいち気になるし、新しいお父さんと弟の邪魔《じゃま》にもなりたくないし、そんなことばっかり」

「俺《おれ》も得意《とくい》じゃない。家族なんてメンドーでしかないよな」

「人間関係ってメンドー。だからさ、ここで知らなかった子たちと生活できてる自分が、不思議なんだよ。友達だけじゃなく、斉藤《さいとう》さんっていう近所のおばあちゃんと仲良くなったりしている自分が、自分じゃないような」

「ここに来てすぐの頃《ころ》、まど兄が、森には余地《よち》しかないって言ってたんだ」

「よちって、余《あま》ってるに、地面の地の？」

「そう。それでいて、森は知りたいことがあると返してくれるって言ってた。なんのことなのかわからなかったけど、今はなんとなくわかる。余地《よち》って、つまり自分だけの時間なのかなって。誰《だれ》かにこれしろ、あれしろって言われたことをしたり、考えたりする時間じゃなくて、自分がしたいことをしたり、考えたいことを考えたりする時間。ぼーっとする時間も含《ふく》めて。心に余地《よち》ができるんだろうな」

「ああ、わかるかも」

「そうすると、あんまり人のことをメンドーだなって感じなくなった」

「わたしの心にも余地《よち》ができたってことかな。あとさ、最近思うんだけど、関係性《かんけいせい》の呼《よ》び名って、わかんなくなってくるんだよ」

「関係性《かんけいせい》？」

「前の学校の子とか『友達』だと思ってたけど、ここにいる薫《かおる》とか銀河《ぎんが》とか、寛太《かんた》とか、それと同じ『友達』ではないんだよ。じゃあ『親友』って呼《よ》ぶのかな？　って考えると、なんかそれも違《ちが》うんだよね。斉藤《さいとう》さんのことも、『近所のおばさん』や『知り合い』って、違《ちが》うんだよ。もっと深いよ。でも『親戚《しんせき》』でもないじゃん。なんて呼《よ》べばいいんだろう」

「おもろい話してるんやな」

　いきなり後ろから声がして、僕《ぼく》とイズミは同じように声を上げて勢《いきお》いよく振《ふ》り返った。知らないうちに、まど兄が近くに来ていた。

「ちょっと、盗《ぬす》み聞《ぎ》きかよ」

イズミが頬《ほお》をふくらませる。

「まあ、聞かれてもいい話だけどな」

僕《ぼく》は冷静に返した。

「関係性《かんけいせい》の呼《よ》び方か。たしかに、どこまでが友達で親友でって、人それぞれやしな。それに、人間の感情《かんじょう》は一次関数みたいに単純《たんじゅん》やないから、昨日と今日では、その呼《よ》び方《かた》が変わることもある。Y《ワイ》＝2X《エックス》みたいに、簡単《かんたん》には式にできるもんじゃない。人間は白か黒かやなくて、グレーで、もっといえば、グラデーションやからな」

「一次関数がわかんないから、あんまり理解《りかい》できていないかも」

僕《ぼく》の言葉に、まど兄はうなずいた。

「こうだったらこうって答えが出る計算式があるわけじゃないってことやな。それで言ったらな、俺《おれ》はまいまいに対して、どういう関係性《かんけいせい》かうまく言葉にできんな」

「まいまい？」

僕《ぼく》が聞き返した。

「言ったことあったんやっけな、俺《おれ》はジャズピアニストになろうと本気で思ってたことがあったんや。でもまあ現実的《げんじつてき》に食っていくのが難《むずか》しいから、中学校の教師《きょうし》になったんやけど、ずっともやもやしていて。だから、ここに呼《よ》んでくれたまいまいには感謝《かんしゃ》してる。一番近いのは『家族みたいな同僚《どうりょう》』なんかな。ここって、ファミリー経営《けいえい》みたいな雰囲《ふんい》気《き》やし、みんなまとめて『家族みたいなもの』でええんかもな」

「家族みたいなって言っても、みんなキャラが違《ちが》ってるけどね」

僕《ぼく》がそう言うと、それがええんや、とまど兄は腕組《うでぐ》みした。

「『グループを作る場合は、いろいろな人間を混《ま》ぜないと駄目《だめ》だ。持ち味ってものが違《ちが》うからな』ってマイルス・デイヴィスも言ってる」

そろそろ帰ろうか、とまど兄が小学生たちのほうへ歩いていくので、僕《ぼく》とイズミも岩場から立ち上がった。

「遊びすぎたから、帰ったら英語の長文をがっつりしないと」

「相変わらず頑張《がんば》るな」

「薫《かおる》はなにするの？」

「ブログ書こうかな」

最近、『東京村ツリースクール』のサイト内にあるブログを書いている。これまでばんちゃんが更新《こうしん》していたけれど、バトンを受け取ることになってしまった。というのも、一度森で捕《つか》まえたニホントカゲの幼体《ようたい》の飼育《しいく》日記をブログに書いてみたら、アクセス数が伸《の》びたので、しばらく僕《ぼく》が執筆《しっぴつ》することになった。

「ばんちゃんのブログも悪くなかったけれど、薫《かおる》はたくさんニホントカゲや森の写真をアップしているから、見ていて楽しいよ」

「まじで？」

「うん。それに、薫《かおる》の文章って、するすると頭に入ってくるんだよね。ニホントカゲの幼《よう》体《たい》を擬人化《ぎじんか》してしゃべらせてみたり、視点《してん》もユニークだし」

「あっ……ありがと」

やばい、かなり嬉《うれ》しい。いろんな思いが湧《わ》き上がってきても、それをうまく口にできずにもどかしく感じていた。だけど文章にすると、時間をかけて整理することができる。

自分の気持ちに近づけるように文章にしていくことが楽しかった。

頭がよくてたぶん国語の読解力《どっかいりょく》とかもありそうな優等生《ゆうとうせい》イズミに文章を褒《ほ》めてもらえて、内心では飛び上がるほどテンションが上がったが、さすがに恥《は》ずかしいのでぐっとこらえて空に顔を向ける。向こうの空に、大きすぎる入道雲が盛《も》り上《あ》がっていた。

＊

「プリンターのインクのカートリッジは交換《こうかん》もしてあげて。そんなにややこしくないんだけど、斉藤《さいとう》さんは苦手だから」

「斉藤《さいとう》さん、パソコン使えるんだ？」

意外だったので、僕《ぼく》はちょっと驚《おどろ》く。

「ばんちゃんが使いやすそうなの選んできて、使い方を教えてあげたのよ。斉藤《さいとう》さん、あれでけっこう電子機器はいけるほうよ。それと、Ａ４のコピー用紙も。トレーに用紙のストックが減《へ》っていたら補充《ほじゅう》して。トイレットペーパーとティッシュと、ミシン糸も持っていって」

ネットで注文したものの中で斉藤《さいとう》さんに頼《たの》まれたものを選《よ》り分《わ》けて、まいまいは僕《ぼく》とイズミと銀河《ぎんが》に分配して持たせた。野菜や調味料なら、車でちょっと行ったところにある商店で買えるけれど、それ以外のものはバスに乗って一時間かかる駅前まで行かなくては手に入らない。トイレットペーパーなどのかさばるものは、一人だと持ち帰るのもたいへんだろうから、まいまいは近辺のお年寄《としよ》りに御用聞《ごようき》きしてまとめて買ってあげていた。その返しに、いろいろもらってくる。まいまいいわく、持ちつ持たれつの間柄《あいだがら》ってやつだ。

「斉藤《さいとう》さーん、イズミでーす」

いつものように、イズミは玄関《げんかん》の戸の前で叫《さけ》んだ。だいたい、はいはーい、と返事があってしばらくすると戸が開く。反応《はんのう》がない場合は畑だ。いないこともあるけれど、それはけっこうレアケース。イズミほどではないが、ここに通い慣《な》れているから、パターンはわかっている。

と思って待っていたら、返事がなかった。戸に手をかけると、開いていた。

「畑だな。荷物、中に入れよう」

とにかく重いからどこかに置きたくて言うと、だな、と銀河《ぎんが》も重そうに紙袋《かみぶくろ》の持ち手を握《にぎ》り直した。

「荷物持ってきました！」

銀河《ぎんが》は畑のほうまで聞こえるように、大きな声で言う。ここでいいよ、と先に入っていたイズミが、食卓《しょくたく》に荷物を置いた。どこかでクーラーがついているのか、ほどよく涼《すず》しかった。扇風機《せんぷうき》も回っていた。

「こんな暑い時間帯に畑に出なくてもいいのにな」

「斉藤《さいとう》さん、ネットで買ったコピー用紙とか持ってきたよー」

イズミは大きな声で言って、裏戸《うらど》を開けて畑のほうに出ていく。僕《ぼく》もイズミに続いて、左右を見る。斉藤《さいとう》さんの姿《すがた》は見つからない。

「いた？」

僕《ぼく》が訊《き》くと、イズミは首を横に振《ふ》った。

「出かけてるのかな。納戸《なんど》も閉《し》まってるし、道具も出ていないもんね」

「出かけてんじゃん。あれ、なんか急にくもってきたな」

銀河《ぎんが》はこっちに顔を出しただけで、すぐに中に戻《もど》る。そう言われて空を見上げたら、速い動きで大きな雲が空を隠《かく》そうとしていた。

「ねえ、鍵《かぎ》が開いてたよね？　出かけるなら、閉《し》めない？」

「このへんに住んでる人は、鍵《かぎ》なんてかけないんじゃないのかな。都会でもないんだし」

「でも、駅まで行くって斉藤《さいとう》さんとここを一緒《いっしょ》に出たことがあったの。その時は鍵《かぎ》をかけていたように思うんだけど」

「駅までだろ？　一時間以上かかるから、そういう時は戸締《とじ》まりするだろうけど、近所の家にでも行ってんじゃないか」

「そっか」

そう言いながらも、イズミの表情《ひょうじょう》はどこか納得《なっとく》できていないようだった。

「おい、行こうぜ」

銀河《ぎんが》が呼《よ》びにきて、僕《ぼく》とイズミは裏戸《うらど》から中を通って玄関《げんかん》に向かった。銀河《ぎんが》がカードゲームの話をしてきたので、僕《ぼく》も相槌《あいづち》を打ちながら外に出た。しばらく話していても、イズミが出てこない。なにをしているんだろうと思っていたら、ちょっと……とイズミが顔を出した。

「やっぱ、おかしい」

「なにが？」

僕《ぼく》が訊《き》くと、イズミは玄関《げんかん》の横を指さした。それで、そちらを見に近寄《ちかよ》ってみた。イズミはポストを指していた。

「どうした？」

なにがおかしいのかがわからない僕《ぼく》に、イズミはそこに配達されている新聞をひっぱって取って見せた。

「朝刊《ちょうかん》だよ」

「なんだよ、チョウカンって」

銀河《ぎんが》が訊《き》いた。

「新聞、うちでも取ってるんだけど、朝と夕方に届《とど》くの。朝に届《とど》くのを、朝刊《ちょうかん》っていうんだよ。今までこの家に遊びに来て、ここに新聞が入っているのを見たことがなかった。斉藤《さいとう》さんが朝のうちに取るから」

「そうなんじゃないの?」

なにが言いたいのかわからないという声音で、銀河《ぎんが》は言った。

「おかしいじゃん。朝刊《ちょうかん》って朝の早い時間に届《とど》くんだよ。お昼ご飯も食べた、こんな時間に、どうして新聞紙が入ったままなの?」

イズミは身をひるがえして、中に戻《もど》っていく。

「おい、イズミ」

引き止めようとしたが、イズミは靴《くつ》も装具《そうぐ》も外して和室の横の廊下《ろうか》を進んでいく。

「勝手に入ったらまずいって、いくら仲良しの斉藤《さいとう》さんちでも」

珍《めずら》しく常識的《じょうしきてき》なことを言って、銀河《ぎんが》もイズミを引き止めた。それでもイズミはかまわず、閉《し》まっているトイレのドアを開けていた。トイレを確認《かくにん》すると、その隣《となり》のドアも開ける。隣《となり》はたしか浴室だ。

「たしかに、勝手に開けたら怒《おこ》られるんじゃないか」

「考えすぎかもだけど……もしさ」

イズミは声を震《ふる》わせるように言う。浴室も問題なかったのか、今度は和室の奥《おく》にあるもう一つの部屋へと向かう。

そこで僕《ぼく》も靴《くつ》を脱《ぬ》いで、和室に上がった。ここには斉藤《さいとう》さんの作品が飾《かざ》られていて、たいてい襖《ふすま》は閉《し》められておらず土間《どま》から見えるようになっている。けれど、その奥《おく》はいつも襖《ふすま》が閉《し》まっていた。干《ほ》した布団《ふとん》をその部屋に運んでいく斉藤《さいとう》さんを見たことがあるから、きっと寝《ね》る部屋なんだろう。

すぐに開けようとしないイズミの横顔を見て、ようやく察する。イズミが案じていることに気づいて、僕《ぼく》も全身の筋肉《きんにく》がこわばった。

イズミはそっと襖《ふすま》を開けた。手前の和室よりも薄暗《うすぐら》い和室が、先に進んでいくイズミの肩越《かたご》しに見えた。

「斉藤《さいとう》さん！」

イズミが叫《さけ》んで、僕《ぼく》も中に入った。隅《すみ》っこにスタンドの白い灯《あか》りがついていて、そのスタンドがある座卓《ざたく》に突《つ》っ伏《ぷ》している背中《せなか》が目に飛《と》び込《こ》んできた。

「斉藤《さいとう》さん？　大丈夫《だいじょうぶ》？　斉藤《さいとう》さん！」

駆《か》け寄《よ》ったイズミは、斉藤《さいとう》さんの背中《せなか》を抱《だ》くようにした。

「だ、大丈夫《だいじょうぶ》？」

僕《ぼく》は小声で訊《き》く。そう僕《ぼく》が声をかけると、イズミは突然《とつぜん》動きを止めて黙《だま》った。その反応《はんのう》に、僕《ぼく》は硬直《こうちょく》した。

「イズミ……？」

「えっ、どうしたよ」

その後ろにいる銀河《ぎんが》は、なにもわかっていない。

イズミはこちらを振《ふ》り返《かえ》った。薄暗《うすぐら》い中で、その顔色が蒼白《そうはく》だとわかるほどの、見たことのない表情《ひょうじょう》で、小さく手招《てまね》きした。

その時に、突《つ》っ伏《ぷ》している斉藤《さいとう》さんの手元に裁縫《さいほう》道具や布《ぬの》が散らばっているのが見える。

「……冷たいんだけど」

イズミは斉藤《さいとう》さんの手を取って、僕《ぼく》を見た。触《さわ》ってみて、ということなのだろう。僕《ぼく》は内心では触《さわ》りたくないのに、なにかに突《つ》き動かされるように、そっと触《ふ》れた。軽くつかんだ手の冷たさに、一瞬《いっしゅん》で離《はな》した。体温がない。ゴムみたいな手触《てざわ》り。

「これって……救急車《きゅうきゅうしゃ》？」

「えっ？　斉藤《さいとう》さん？」

そこでやっと銀河《ぎんが》も事態《じたい》の深刻《しんこく》さに気づいたようだった。

「だよな……救急車《きゅうきゅうしゃ》」

僕《ぼく》はそう言ったが、待って、とイズミが考え直したように言った。

「やっぱ、まず、まいまいに言おう」

「でも、早くしないと！」

「……息していないから」

イズミの言葉に、僕《ぼく》は後退《あとずさ》りした。銀河《ぎんが》なんて、とっさに部屋を飛び出した。薄暗《うすぐら》い部屋がさらに暗くなったように感じられた。

窓《まど》も開いていないのに、なぜか風が吹《ふ》いたように、首筋《くびすじ》がすうっと冷たくなって鳥肌《とりはだ》が立った。

「いま……何時？」

この状況《じょうきょう》で、イズミはなぜか時間を訊《き》いた。

「時間……待って、十四時三十五分だけど、なんで？」

イズミの声が聞こえていたのか、銀河《ぎんが》が言った。土間《どま》の時計を見たのだろう。

「わかんないけど、たぶん、この後大人に訊《き》かれる気がして。意味があるのかわからないけど」

イズミはひとりごとみたいにつぶやいた。現実的《げんじつてき》な事実を把握《はあく》しておくことで、自分が冷静でいられるように思っているのかもしれない。

とにかくまいまいに伝えよう。三人で外に出た。

おそろしい勢《いきお》いで雨が降《ふ》りだしていた。薄暗《うすぐら》くなったと感じたのは気のせいじゃなくて、空を真っ黒な雲が覆《おお》いつくしていて、さっきまでの干上《ひあ》がりそうな灼熱《しゃくねつ》はじめじめした蒸《む》し暑さになっていた。不安をこじらせたような低い音の雷鳴《らいめい》とともに、遠くの空が落着きなく光りはじめる。

「二人は寮《りょう》に行って、まいまいに伝えて。わたしは走れないし、ここにいる」

「う、うん……わかった」

僕《ぼく》がうなずくと、銀河《ぎんが》が先に駆《か》けだした。僕《ぼく》もすぐに追いかける。ここから逃《に》げだしたかった。雨をものともせずに、全速力で駆《か》けた。

もしかしたら勘違《かんちが》いかもしれない。もう一度確認《かくにん》したほうがいいのかもしれない。壮大《そうだい》な勘違《かんちが》いで現実《げんじつ》を大混乱《だいこんらん》にさせていただけだと願いたい。走っている足が震《ふる》えていた。走りながら、小刻《こきざ》みな振動《しんどう》を抑《おさ》えられない。

ずぶ濡《ぬ》れで帰ってきた僕《ぼく》と銀河《ぎんが》を見て、まいまいは驚《おどろ》いた。ずぶ濡《ぬ》れになるのは見慣《みな》れているが、二人の動転した様子からすぐになにかが起こったのだとわかってくれた。

手短に事情《じじょう》を話すと、まいまいはレインコートを着て自転車に乗った。まいまいの自転車を追うように、僕《ぼく》と銀河《ぎんが》はまたずぶ濡《ぬ》れのまま来た道を戻《もど》った。

「イズミ！」

「まいまい」

自転車を停《と》めると、まいまいはレインコートを脱《ぬ》いでからイズミを抱《だ》きしめた。でもすぐに体を離《はな》して、真剣《しんけん》な目で三人を見た。

「斉藤《さいとう》さんは？」

「奥《おく》の和室なんだけど……動かなくて」

まいまいはイズミが言うのを聞き終える前に、中に入っていった。

「一人で待ってる間、大丈夫《だいじょうぶ》だったか」

僕《ぼく》が訊《き》くと、イズミはうなずいた。

「いろいろ考えてた。うちのお母さんなら、こんな時に医師《いし》としてしかるべき対応《たいおう》ができるのだろうなとか。なにもできない自分が不甲斐《ふがい》ないなとか。もしかしたら勘違《かんちが》いかもしれないから、もう一度斉藤《さいとう》さんの様子を見たほうがいいようにも思ったけど、怖《こわ》くて中に戻《もど》れなかった。こんなに大好きな斉藤《さいとう》さんなのに、あんなにもよくしてもらったのに」

「そんな……」

僕《ぼく》はなんと返していいのかわからなかった。

銀河《ぎんが》が叫《さけ》んだ。

「あっ、まいまい！」

外で待っていた僕《ぼく》たちを見て、まいまいは首を横に振《ふ》った。それですべてが理解《りかい》できた。まいまいはその場で救急車《きゅうきゅうしゃ》を呼《よ》んだ。そしてスマホでまど兄に事情《じじょう》を話し、「当分戻《もど》れないかもしれないから、そっちのことお願い」と頼《たの》んでいた。

「救急車《きゅうきゅうしゃ》、意味はないかもだけど。でも、救急車《きゅうきゅうしゃ》しか思いつかないよね。三人は、第一発見者だし、ここにいて」

僕《ぼく》たちは無言だった。冷静に対応《たいおう》しているまいまいだったけど、大人なりに動揺《どうよう》しているのは伝わってきたので、それ以上なにも訊《き》けなかった。

十五分ほどで、救急車《きゅうきゅうしゃ》は到着《とうちゃく》した。一時的な豪雨《ごうう》は正気に戻《もど》ったように止んで、黒い雲の後ろに隠《かく》れていた夕暮《ゆうぐ》れがオレンジとピンクのグラデーションで現《あらわ》れた。雨でチリや埃《ほこり》が落ちたせいで、空気の透明度《とうめいど》が高くなっているのか、輪郭《りんかく》のくっきりとした光の帯が何本も雲の隙間《すきま》から差し込《こ》んでいた。こんな状況《じょうきょう》なのに、目を奪《うば》われるほどに美しかった。

家の外で待機するように言われたので、詳《くわ》しいことはわからないが、斉藤《さいとう》さんはすでに亡《な》くなっていたと診断《しんだん》された。まいまいの言ったとおり、救急車《きゅうきゅうしゃ》で病院に搬送《はんそう》されることはなかった。

その代わりに警察《けいさつ》が来て、いろいろ調べていった。第一発見者である僕《ぼく》とイズミと銀河《ぎんが》、そしてまいまいも話を聞かれた。案《あん》の定《じょう》、いろんな大人たちにたくさん質問《しつもん》された。なぜ斉藤《さいとう》さんの家に行ったのか、どうして中に入ったのか、最初に見つけた時になにか変わったことや気づいたことがあったか……何時くらいに発見したのかも訊《き》かれて、十四時三十五分と、正確《せいかく》に答えた。

正確《せいかく》に答えられたからといって、いいことがあるわけでもない。斉藤《さいとう》さんが生き返るわけでもなかった。

「事件性《じけんせい》はないと思っているんです。自宅《じたく》で亡《な》くなった場合は、第一発見者にはお話を聞くことになっているだけでね」

お腹《なか》の出た男性《だんせい》の警察官《けいさつかん》はそう言っていた。

事情聴取《じじょうちょうしゅ》が終わって寮《りょう》に帰ったのは、夜の七時すぎだった。僕《ぼく》たち三人は帰されたが、まいまいはまだしばらくかかりそうだった。

「たいへんやったな。腹減《はらへ》ったやろ」

寮《りょう》のドアを開けると、まど兄が走り出てきた。その後から、子どもたちもわらわらと出てきて、あれこれと聞かれた。斉藤《さいとう》さん死んじゃったの？　なんで死んだの？　警察《けいさつ》が来たんだって？　なに訊《き》かれたの？　矢継《やつ》ぎ早《ばや》に質問《しつもん》されても、三人とも答える気力など残っていなかった。

お腹《なか》は減《へ》っていないわけがないのに、食欲《しょくよく》がわいてこない。好物のはずの鶏《とり》の照り焼きなのに食べたいと思えなくて、だけど、しかたなしに口に入れてみたらどうしようもなく美味《おい》しかった。とたんに、自分が空腹《くうふく》なのだと認識《にんしき》できた。噛《か》んで飲み込《こ》んで胃《い》の中にたまっていくほどに全身の筋肉《きんにく》が緩《ゆる》んでいく。そこで、すすり泣く声が聞こえてきて、隣《となり》を見たら、イズミが泣いていた。それに釣《つ》られたのか、銀河《ぎんが》まで目を擦《こす》りだす。

僕《ぼく》は米と肉を噛《か》みしめて飲み込《こ》んで、喉《のど》の奥《おく》から迫《せ》り上《あ》がってくるものを押《お》しやる。

斉藤《さいとう》さんが死んでしまった。その衝撃《しょうげき》の大きさと繰《く》り広《ひろ》げられるあまりにも非現実的《ひげんじつてき》な状況《じょうきょう》に打ちのめされて、正直、悲しみを実感できているように思えなかった。

斉藤《さいとう》さんを見つけた瞬間《しゅんかん》が何度も脳裏《のうり》にリプレイされた。あの部屋の暗さ、空気の重さ。冷たく、固いその手の感触《かんしょく》。死神なんて存在《そんざい》がいるわけないと思っていたけれど、あの時、あの場所に、そういう者の気配が充満《じゅうまん》していた。

九時になって、やっとまいまいが帰宅《きたく》した。斉藤《さいとう》さんの親族と連絡《れんらく》を取るのに時間がかかったそうだ。

「奄美大島《あまみおおしま》に家族がいるって……」

イズミがそう言うと、まいまいはうなずいた。

「そんな話を聞いていたから、斉藤《さいとう》さんの家にあった電話帳を見て、なんとか連絡《れんらく》が取れた。弟さん、引き取りに来てくれることになったみたいだけど、遠いし、突然《とつぜん》のことだし、斉藤《さいとう》さんは、ひとまず警察《けいさつ》で安置してもらうことになったよ」

「もうあの家にいないの？」

銀河《ぎんが》が驚《おどろ》いたように訊《き》いた。

「夏だし暑いところに置いておくわけにはいかないから」

「……置いておく」

イズミが絞《しぼ》り出《だ》すような声でつぶやく。たしかに、その言い方が冷たく感じられた。でも、もう生きていないのだから、寝《ね》かせておく、というのも変だし、そう言うしかないのだ。

死ぬということがどういうことなのか、僕《ぼく》にはわからなくなった。いや、わからなくなったというと、まるでわかっていたみたいだ。セアが死んでしまった時、それがどういうことなのか、考えるのが怖《こわ》すぎて思考するのを強制終了《きょうせいしゅうりょう》させたのだ。

死ぬというのは、心臓《しんぞう》が止まったということ。まいまいから聞いた話では、おそらく心《しん》臓《ぞう》発作で、苦しんだ形跡《けいせき》もないから、一瞬《いっしゅん》のことだったようだ。亡《な》くなったのも前日の夜のことで、たまたま早めに見つけてもらえたのはラッキーだったと、警察《けいさつ》から感謝《かんしゃ》されたらしい。

その一瞬《いっしゅん》で、斉藤《さいとう》さんの肉体は空《から》っぽになってしまったのだろうか。寝《ね》かせるものではなく、置いておくという表現《ひょうげん》が合う、そういう物みたいな存在《そんざい》になってしまったのだろうか。いくら話しかけても、まったく反応《はんのう》がない。返事がないし、笑ってもくれない。それが死なのだろうか。

死が訪《おとず》れたことで、斉藤《さいとう》さんという人はもう消滅《しょうめつ》したということなのだろうか。そんなことないと思いたい。だけど、わからなかった。もしかすると、消滅《しょうめつ》してしまったのかもしれない。

斉藤《さいとう》さん、どうなってしまうのだろう。ちゃんと家族が引き取りにきてくれるのだろうか。斉藤《さいとう》さんの話では、奄美大島《あまみおおしま》にいる家族とは、駆《か》け落《お》ちしたことで連絡《れんらく》を取ることもしていなかったようだし……。心配でならなかったが、親戚《しんせき》でもない、ただの近所の者である僕《ぼく》たちのもとに、その後の報告《ほうこく》が来ることもなかった。

斉藤《さいとう》さんが亡《な》くなった日からちょうど一週間後のこと。斉藤《さいとう》さんの弟とその息子《むすこ》さんという人がツリースクールを訪《おとず》れた。午前中だったから全員和室にいて、僕《ぼく》はブログを書いていたところだった。

「イズミ、薫《かおる》、銀河《ぎんが》、ちょっと来て」

まいまいに呼《よ》ばれて玄関《げんかん》のほうへ出ていくと、眼鏡《めがね》をかけたおじいさんと、まど兄くらいの年齢《ねんれい》の男の人がこちらを見て頭を下げた。

「このたびは、姉の明里《あかり》がお世話になりまして」

お礼を言って、おじいさんは紙袋《かみぶくろ》をまいまいに渡《わた》した。奄美大島《あまみおおしま》の黒糖《こくとう》のお菓子《かし》だと言っていた。

「こちら、斉藤《さいとう》さんの弟さんの祝《いわい》さん」

まいまいが言った。あかりさん？　って、斉藤《さいとう》さんの下の名前なのか。はじめて知った。斉藤《さいとう》さんの弟さんが、このおじいさん。そう言われると、たしかに垂《た》れた目が斉藤《さいとう》さんに似《に》ていた。

「警察署《けいさつしょ》で安置されていた斉藤《さいとう》さんのご遺体《いたい》、祝《いわい》さんに引き取られて、そのまま火葬場《かそうば》で荼毘《だび》に付《ふ》されたそうよ。それで、お二人はおうちを片付《かたづ》けるのに来られたんだって」

まいまいが説明すると、斉藤《さいとう》さんの弟さんはうなずいた。

「甥《おい》の誠太《せいた》です。伯母《おば》は一人暮《ひとりぐ》らしでしたから、早くに見つけてもらったのが幸いでした。生前も畑を手伝っていただいたり、ずいぶんと助けてもらったと聞いています。ありがとうござました」

丁寧《ていねい》にお礼を言われて、僕《ぼく》たちはおのおの戸惑《とまど》いながらも頭を下げた。

片付《かたづ》けるのを手伝いますよとまど兄が言って、トラックを出しましょう、とばんちゃんが言った。ゴミ処理場《しょりじょう》はどこにあるとか、そういう話を大人たちがはじめた。

「慎《つつ》ましく生活されていた斉藤《さいとう》さんでも、全部を整理するとなるとたいへんですもんね」

イズミが手伝いたいと言い出し、僕《ぼく》と銀河《ぎんが》も賛成《さんせい》した。たしかに、斉藤《さいとう》さんにはお世話になったし、まさかの第一発見者になってしまった。ただの近所のおばあさんが亡《な》くなったとは片付《かたづ》けられない。もしお手伝いできることがあれば、したいと思った。

斉藤《さいとう》さんの家に入るのは、あの日以来のことだった。おそるおそる奥《おく》の和室に入ると、カーテンが開け放たれ、きれいに片付《かたづ》けられていた。あの日のあの場所とは別の空間のようだった。

斉藤《さいとう》さんの弟さんたちは明日には帰りたいようだったから、今日中になんとか終わらせなくてはならず、みんなで必死に手を動かした。まいまいの言っていたとおり、たくさん物があるようには見えなかった斉藤《さいとう》さんの生活も、数時間で簡単《かんたん》に収《おさ》まるものではなくて、けっこうたいへんだった。

「最初、警察《けいさつ》から電話がかかってきた時はたまがった」

斉藤《さいとう》さんの弟さんがそう話すのを聞いて、たまがった？　とまいまいが聞き返した。

「びっくりしたっていう意味ですよ」

誠太《せいた》さんが訛《なま》りのない言葉で説明し、続けた。

「伯母《おば》が東京に住んでることも知らなかったけど、来てみたら、東京は東京でも、こんな山の中で、いろいろと驚《おどろ》いてばかりです。僕《ぼく》も、しばらく仕事で東京にいたんですよ。仕事がリモート対応《たいおう》になったので、去年、家族を連れて、鹿児島に移《うつ》ったんですけどね」

「そうだったんですか。斉藤《さいとう》さん、旦那《だんな》さんとは八王子《はちおうじ》のほうで暮《く》らしていたようですよ。旦那《だんな》さんがお亡《な》くなりになって、そこに一人で住むのは金銭的《きんせんてき》に負担《ふたん》が大きいし、なにより寂《さび》しいからってこちらに来られたと言ってました。都市部だと高齢《こうれい》の方に貸《か》してくれる物件《ぶっけん》があまりなかったとも言ってましたね」

「斉藤《さいとう》さん、自然が好きだったし、ここの森が好きだって」

イズミが大人たちに向かって、そう言った。この人たちが知らない斉藤《さいとう》さんを自分は知っているのだと、言いたいのかもしれない。

「そうなんですか」

誠太《せいた》さんが相槌《あいづち》を打った。

「海が恋《こい》しいって言ってました。でも、ここも好きだって。川もあるし、森もあるって」

「たしかにいいところですよね。東京にまだこんな自然が残ってるなんて知らなかった」

「斉藤《さいとう》さん、ノロっていう家系《かけい》だったたって話してくれました。でも自分がしなくちゃいけない役目を捨《す》てて、駆《か》け落《お》ちしたから、もう戻《もど》れないって」

「そげんこっなかどん。あんわろ、頑固《がんこ》じゃて」

斉藤《さいとう》さんの弟さんが話す言葉は外国語みたいだ。

「なんて言った？」

銀河《ぎんが》が僕《ぼく》に訊《き》くが、わかるわけがない。

「そんなことない、あいつは頑固《がんこ》だから、って言ったんですよ」

誠太《せいた》さんが笑いながら翻訳《ほんやく》してくれた。

お皿をしまい終えたので、カップの棚《たな》の整理に取《と》り掛《か》かった。

「いつも斉藤《さいとう》さんが使っていたのだ」

茶色のゴツゴツしたマグカップを手にして、イズミはつぶやいた。

「ああ、なんか覚えてる」

「これを使う人はもういないんだよね。マグカップだけじゃない。ここに置き去りにされた物たち、みんな、静かに息をひそめるようにしてる。そんな気がするんだよ」

　イズミの言いたいことがよくわかった。斉藤《さいとう》さんはいないのに、ここにある物たちからは斉藤《さいとう》さんの気配が漂《ただよ》っていて、それを感じるたびに胸《むね》がきつく絞《しぼ》られるように痛《いた》んだ。

「これもさ、よく着てたよな」

　そばにあった食卓《しょくたく》の椅子《いす》にかかっている赤紫《あかむらさき》のニットのベストを指差して、銀河《ぎんが》は言った。

「うん、家にいる時はだいたい羽織《はお》ってた。イズミちゃん、これ食べてみなさいって、いろんな美味《おい》しいものを出してくれた。和室に転がってるチラシを丸めて作った棒《ぼう》で、肩《かた》を叩《たた》いてくれた。勉強ばっかりしてるから凝《こ》ってるってポンポンポーン、ポンポンポーンって。太鼓《たいこ》を叩《たた》いているみたいに……妙《みょう》なリズムなんだけど、ほどよい強さで、気持ちよかった」

　その場にはいなかったけれど、イズミの話す情景《じょうけい》が目に浮《う》かんだ。棒《ぼう》で叩《たた》いてくる斉《さい》藤《とう》さんの、どこか子どもみたいな無邪気《むじゃき》な笑み。遊ばれているみたいで、もういいって、と棒《ぼう》を奪《うば》って、今度は斉藤《さいとう》さんの肩《かた》を棒《ぼう》で叩《たた》き返すイズミ。まるでおばあちゃんと孫のような、それでいて仲良しの友達のような、そういうやりとりをしたのだろう。

「交代して、わたしが肩《かた》を揉《も》んであげたりもしたんだ」

「そうだろうなって思って、そんな場面を思《おも》い浮《う》かべてた」

「斉藤《さいとう》さんの首の後ろの皮膚《ひふ》、皺《しわ》が寄《よ》って乾《かわ》いていた。縮《ちぢ》れた後毛《おくれげ》は黒や白や銀色が交《ま》じっていたんだ。向き合ってお茶しているだけだと見えない部分を見ると、もっと斉藤《さいとう》さんと、仲良くなれた気がしたのに……。嘘《うそ》でしょ？　死んじゃったらなにもかもなくなるの？」

「そんなわけない」

銀河《ぎんが》がきっぱりと言い切った。

「まだいるだろう、俺《おれ》らの中には」

僕《ぼく》もそう言った。

「これって、斉藤《さいとう》さんの旦那《だんな》さんかな？」

三人でそんな話をしていると、和室にいたまいまいの声が聞こえて、気になって行くと、タンスみたいな扉《とびら》を開けていた。

「それ、お仏壇《ぶつだん》？」

イズミが訊《き》くと、そうそう、とまいまいはうなずいて、持っていた写真立てをイズミに差し出した。

「これが、旦那《だんな》さんなんだ」

イズミの手元を、僕《ぼく》と銀河《ぎんが》はのぞき込《こ》んだ。白黒写真だった。若《わか》そうだけど着物姿《すがた》の男女が写っていた。椅子《いす》に座《すわ》っている女性《じょせい》の隣《となり》に男性《だんせい》が立っていた。

「あっ、そうですね。伯母《おば》の旦那《だんな》さんのはずです。なあ？」

誠太《せいた》さんに水を向けられて、斉藤《さいとう》さんの弟さんもその写真立てを見に来た。うんうん、と二度うなずいた。

「写真館で撮《と》ったんでしょうか。二人とも、にこりともしないで緊張《きんちょう》した表情《ひょうじょう》ですね。でも斉藤《さいとう》さん、面影《おもかげ》あるわ。とってもきれい」

まいまいはしみじみと言った。

「斉藤《さいとう》さん、島には帰れなくなったけど、後悔《こうかい》してないって。自分を全部好きだと言ってくれる人がいたからって、言ってたんだよ」

イズミはそう言うとハッとした表情《ひょうじょう》になって、Tシャツの下にあるものをひっぱりだした。

「おう、玉ハビル」

そばにいた斉藤《さいとう》さんの弟さんが、イズミの手元に気づいてそう言った。

「斉藤《さいとう》さんが作ったって。誕生日《たんじょうび》にもらったんです。いま、急にここが熱くなったような気がしたんだけど……」

「熱い？」

銀河《ぎんが》が訊《き》き返すと、ううん、とイズミは首を横に振《ふ》った。

「今は熱くないいんだけど」

「あんたを守ってくれっじゃろ」

斉藤《さいとう》さんの弟さんは、そう言って微笑《ほほえ》んだ。

泣きだしてしまいそうなのを押《お》しとどめるように、イズミは眉根《まゆね》を寄《よ》せ、唇《くちびる》を一つに結んだ。なにかに応《こた》えるように、胸元《むなもと》の小さな蝶々《ちょうちょう》を握《にぎ》りしめていた。

「四十九日よりも先にお盆《ぼん》が来たら、どうするんやろうな」

川で焚《た》き火《び》をつけながら、まど兄が言った。

「そういう場合は、翌年《よくねん》が新盆《にいぼん》になるんだって、まいまいが言ってましたよ」

ばんちゃんが答える。

「なんの話？」

そばにいた寛太《かんた》が怪訝《けげん》そうに二人に訊《き》くと、斉藤《さいとう》さんだよ、とイズミが答えた。それが斉藤《さいとう》さんの話だとわかったけれど、僕《ぼく》も二人の会話の内容《ないよう》はよくわからなくて、

「シジュウクニチって、聞いたことあるけど、どういうことなの？」

と、まど兄とばんちゃんを交互《こうご》に見て訊《き》いた。セアの時にも、その言葉はたまに両親の会話に出てきて気になっていたけれど、詳《くわ》しく聞く気になれなかった。

「俺《おれ》もじつはよくわかってないんだわ」

ばんちゃんは後頭部をかきながら笑って、まど兄を頼《たよ》るように見た。

「仏教《ぶっきょう》の教えではやな、人が亡《な》くなったら、四十九日までの間の七日ごとに、閻魔《えんま》様の裁《さば》きを受けて、四十九日目にして極楽浄土《ごくらくじょうど》に行けるかどうか決められるってされているんや」

「そうなんだ」

「で、新盆《にいぼん》っていうのは、亡《な》くなってはじめてのお盆《ぼん》のことや。お盆《ぼん》っていうのは、死者があの世からこちらに戻《もど》ってくる期間のことで、斉藤《さいとう》さんの場合は、まだ四十九日が経《た》っ

ていうちはこの世界に留《とど》まっていると考えられているから、お盆《ぼん》で帰ってくるっていうのは違《ちが》うとされるんやろうな。つまり、来年のお盆《ぼん》が新盆《にいぼん》になるってこと」

「そういうのって意味あんの？」

寛太《かんた》はすかした顔をしていたが、

「そういうことを言うお前は、死んだら閻魔《えんま》様に地獄《じごく》に落とされるんだよ」

銀河《ぎんが》に突《つ》っ込《こ》まれると、おい、やめろよ、とムキになって怒《おこ》るのだから笑ってしまう。

「本当のところ閻魔《えんま》様の裁《さば》きがあるのかなんてわからないわけだけど、意味がないのかっていうと、そんなことはないと思うぞ。こういう考え方や儀式《ぎしき》って、だいたい残された人のためにあるもんだから」

ばんちゃんは細い枝《えだ》を焚《た》き火《び》にくべながら、そう言った。

「残された人のためって？」

僕《ぼく》は訊《き》いた。

「大事な人を亡《な》くしたら、誰《だれ》だってショックで悲しいだろ。だからといって、生きている人間がいつまでも引きずっているのもよくない。だから、一つの区切りを作ってくれてるんじゃないか。四十九日、つまり、約一か月半くらいは、立ち直るまでに時間が必要なんだよ。でもそれを過《す》ぎたら、前を向いて生きなさいって昔の人は考えて、そんなふうに決めてくれたんじゃないか？　俺《おれ》はそう思うけど」

そやな、とまど兄はうなずいてから、「ほら、枝《えだ》がなくなったで」と言って森の奥《おく》へと進んでいく。ばんちゃんと銀河《ぎんが》と寛太《かんた》も、その後をついていったけれど、僕《ぼく》とイズミはなんとなくそこに留《とど》まった。

「行かないの？」

イズミに訊《き》かれて、いいや、と僕《ぼく》は答えた。

「焚《た》き火《び》の番」

そう言って、僕《ぼく》は残り少なくなった小枝《こえだ》を火にくべた。

その時、あっ、とイズミが小さな声をあげた。なに？　と思って僕《ぼく》は上のほうを見ているイズミの視線《しせん》の先をたどった。蝶《ちょう》が一匹《ぴき》飛んでいた。

「アゲハか」

「あのさ、斉藤《さいとう》さんが言ってたじゃん。斉藤《さいとう》さんの生まれたところでは、蝶々《ちょうちょう》は死んだ人の化身《けしん》なんだって」

「うん、言ってたな」

「でも、この蝶《ちょう》は斉藤《さいとう》さんじゃないよね。まだ四十九日が来てないんだもんね。そういうことだよね」

アゲハチョウは、川のそばの草の先に止まった。まるで、こちらの様子を見ているようで、不思議だ。

イズミはすっくと立ち上がると、忍《しの》び足《あし》で蝶《ちょう》へと近寄《ちかよ》っていく。なにをするのかと思って見ていると、小刻《こきざ》みに震《ふる》えているアゲハチョウの羽をそっとつまんで捕《つか》まえた。そしてこちらに近づいてくると、僕《ぼく》の顔の前でつまんでいた親指と人差し指を離《はな》す。おおっ、と僕《ぼく》は座《すわ》りながらのけぞった。アゲハチョウはなにごともなかったように飛び立った。

「最初に会った時、こんなことしたよね」

「覚えてる。女子って爬虫類《はちゅうるい》とか虫が嫌《きら》いだよなって言ったら、決めつけるなって」

「あの時、わたし、無駄《むだ》に尖《とが》ってたよね。初めての環境《かんきょう》で気が張《は》っていたんだろうな。前の学校でうまくいかなかったから、ここでは失敗したくなかったし、舐《な》められたくなかったし」

イズミは言った。

「俺《おれ》なんて、ダメ人間そのものだったな。セアが死んじゃったから悲しいとか辛《つら》いとか言って、ここまで来たけど、面倒《めんどう》なことを全部セアのせいにしてきたのかも……」

そう言ってみると、本当にそんな気がした。そして、そんなふうに振《ふ》り返《かえ》ることができるくらい、自分は前に進んでいるのだと思った。

「このアゲハチョウ、もしかしたらセアくんかもよ？」

「セア？　なんで？」

「なんとなく。ほら、こっち見てるみたいじゃん」

「もしセアだったら、怒《おこ》ってるだろうな。四十九日どころか、もう二年も経《た》ってるのに、まだ俺《おれ》のこと引きずってるのかよって」

イズミの言葉どおり、そのアゲハチョウは岩場から飛び出したヒメジョオンに止まって、羽を開いたり閉《と》じたりしていた。まるで、こちらを見ているようだった。

セア、お前なのか？

――カール、ほら。

そう言って笑うセアの顔が思《おも》い浮《う》かんだ。最近、輪郭《りんかく》がぼけていたセアの顔が、はっきりと思い出せた。

僕《ぼく》は履《は》いていたマリンシューズを脱《ぬ》いでみた。そしてゆっくりと、川の中に足を入れた。

これまで頑《かたく》なに、なにがあっても川の中に入ろうとしなかった僕《ぼく》だったが、はじめて川に足先をひたした。

「薫《かおる》、大丈夫《だいじょうぶ》なの？」

イズミは驚《おどろ》いたように訊《き》いた。

「うん、大丈夫《だいじょうぶ》」

足首ほどの浅い川のせせらぎを受けながら、僕《ぼく》は立っていた。流れに負けないように、必死で踏《ふ》ん張《ば》るようにして、上流のほうをじっと見た。

「けっこう冷たいな」

「そうだよ、けっこう冷たい」

セアとは川遊びをしたことはなかった。僕《ぼく》らの家の近くを流れる川は、河川敷《かせんしき》が広いけれど、入って遊ぶには深かったから。その代わり、地面に伏《ふ》せるようにして川に手を伸《の》ばして、川面を触《さわ》ったりした。この川の水は、このあと長い距離《きょり》を下って、僕《ぼく》らが遊んだ土手を通り抜《ぬ》けていくのだろう。

気持ちよかった。悲しいくらい。

どんなに悲しくても、気持ちがいいと感じてしまう、僕《ぼく》たちは生きているんだ。

川底の苔《こけ》がやさしく足裏《あしうら》を撫《な》でた。せせらぎはとめどなく流れていく、どこまでも終わることなく。

十五歳《さい》　冬

「ここに網《あみ》を置いてバーベキューでもいいし、鉄板にすれば焼きそばとかが作れるだろう。さらにすごいのが……よいっしょ、これを上に載《の》せると、なんと！　ピザが焼ける！」
庭の一角にできた煉瓦《れんが》のかまどを前に寛太《かんた》が説明し、おおっ！　と小学生たちは歓声《かんせい》を上げた。寛太《かんた》がネットで見つけてきた自家製《じかせい》かまどの作り方というものに従《したが》って、まど兄に教えてもらいながら寛太率《かんたひき》いる中二と何人かの小学生が作ったようだ。僕《ぼく》たち中三も一《いっ》緒《しょ》に作らないかと声を掛《か》けられたが、寒い、だるい、眠《ねむ》い、などと言って中三組は手伝わなかった。なので完成したそれを見て僕《ぼく》は感心した。ちょっとガタガタしてるけどさ、と寛太《かんた》は柄《がら》にもなく謙遜《けんそん》していたが、案外よくできていた。
「お前ら、ちびっこいのにけっこう力があるんだな」
寛太《かんた》が小学生たちに言っているのを見て、こいつも変わったなと思う。もともと背《せ》が高いほうだったが、ここ最近また大きくなって、たぶん僕《ぼく》の身長も抜《ぬ》かれている。ますますジャイアンみたいな風貌《ふうぼう》になったけれど、以前のように誰彼《だれかれ》かまわずに突《つ》っかかってくることがなくなり穏《おだ》やかになったように思う。

やっと仲良くなってきたというのに、寛太《かんた》はここを出ることになった。冬休みの帰省で出ていくと、もう戻《もど》ってこないのだと昨日の夕飯の時にまいまいから発表された。

まず、どうして今なんだろうと不思議だった。寛太《かんた》が親から聞かされたのも、その前日だったという。唐突《とうとつ》で、少し混乱《こんらん》した。

でも寛太《かんた》は予感していたところもあったみたいだ。

——俺《おれ》のお父さん、仕事が変わったんだって。それでいろいろたいへんみたいでさ。ほら、ここってけっこう金がかかるからさ。まあ、しゃあないよ。

寛太《かんた》は強がるように言った。

せっかくいいやつになってきたのに、もう少しここにいたら、もっといいやつになったかもしれないのに。

心の中で、僕《ぼく》はそう思ったけれど、口には出さなかった。ここにもう少しいたかったのは、寛太《かんた》だってそうだろうから。

「今晩《こんばん》はピザだな」

銀河《ぎんが》が提案《ていあん》した。同時にみんなの歓声《かんせい》があがった。

「ぜったいに美味《おい》しくしろよ」

寛太《かんた》が銀河《ぎんが》に言う。

「えらそうだな」

銀河《ぎんが》はそう言ってから、あたりめえだ、と軽く笑っていた。

このかまどは、寛太《かんた》なりの置き土産なのだろう。そんなふうに思いながらかまどの火を見ていると、より暖《あたた》められるように感じられた。

森の寒さは厳《きび》しい。冬になると外での楽しみが少なくなり、自ずと暖《あたた》かい屋内にこもってしまうから、燃《も》える火を見るだけで嬉《うれ》しくなる。かまどはありがたい。

二年目、去年よりも少し冬の森に飽《あ》きていた。

夏が恋《こい》しい。痛《いた》いほどの日差しとやわらかい木漏《こも》れ日《び》と、水飛沫《みずしぶき》と光が舞《ま》う渓谷《けいこく》、ぬるい浅瀬《あさせ》、思いのほか冷たい深み、バスタオルを羽織《はお》りながら体を温めるのにあたる焚《た》き火《び》、白い煙《けむり》から逃《に》げる、薪《たきぎ》がはぜる。夏の記憶《きおく》があざやかすぎるから、モノトーンの森がいっそう寂《さび》しげに感じられる。

その中で燃《も》える火を見ると、無条件《むじょうけん》で気分が上がる。人類史上《しじょう》で初めて火を使いはじめたのがネアンデルタール人なのか北京原人《ぺきんげんじん》なのかよく知らないけれど、とにかく火を発明したやつは天才だと思う。

ばんちゃん率《ひき》いる薪《たきぎ》を拾いにいくグループは森に行った。僕《ぼく》も誘《さそ》われたが、寒いからいい、と断《ことわ》った。その代わりにブログを書く。

かまどをデジカメで写真に撮《と》って、パソコンに移《うつ》す。森で捕《つか》まえたニホントカゲはもう幼体《ようたい》とは呼《よ》べないくらい大きくなったが、今は冬眠《とうみん》モードに入っていて、飼育《しいく》日記は書けないから、最近は森のことやここでの生活について書いて更新《こうしん》している。ニホントカゲの飼育《しいく》ブログは爬《は》虫類《ちゅうるい》好きが訪問《ほうもん》してくれていたので、それ以外の話題だとフォロワーが減《へ》るかと思っていたが、そんなことはなかった。毎日、微々《びび》たる数だけど、ちゃんとフォロワーは増《ふ》えている。

さっきまいまいに案内されていた寮《りょう》の見学にきた親子が、完成したばかりのかまどを見に来た。小学五年生の女の子と、その母親だった。ここのブログを読んでいると言っていた。ツリースクールでの生活がよくわかって、見学してみようと思ったのだと。そんなふうに言ってもらえると、素直《すなお》に嬉《うれ》しいし、励《はげ》みになった。

僕《ぼく》も、こんなふうに見学に来たことを思い出した。あの子もここを選ぶのだろうか。今は学校に通えなくて、ちょっと苦しい時を過《す》ごしているのだろうか。知らない女の子のあれこれを、僕《ぼく》は勝手に想像《そうぞう》した。

ここにおいで。

心の中で、その女の子の背中《せなか》に言った。

僕《ぼく》は広縁《ひろえん》に座《すわ》って、胡座《あぐら》の上でノートパソコンを開く。

「文章なんてよく書けるよ、すげーな」

作業をはじめた僕《ぼく》を見て、銀河《ぎんが》が通りがけに言う。ピザを作ると言って、森には行かなかったようだ。

「べつに、すごくない。うまくもないし。でも書けるようになりたいから……筋《きん》トレみたいな？」

「国語なんて大嫌《だいきら》いだし、作文も一行も書けない俺《おれ》からしたら、そんな筋《きん》トレ、信じらんねーって感じ」

「俺《おれ》からしたら、料理を作れる銀河《ぎんが》がすげーって思うけど」

「人には向き不向きがあるもんだから」

どこからか声が飛んできたと思ったら、イズミが和室から出てきた。この人はいつものことながら、勉強に耽《ふけ》っている。中学三年の冬なのだから、当然なのかもしれないが、ここでは変わり者扱《あつか》いだ。

「薫《かおる》の文章、わたしも好きだよ。頭の中で動きだすんだよね」

イズミは英単語と書かれたワークブックを片手《かたて》に、続けて言った。

「それわかるな。薫《かおる》、物語を書いてみたらどうや？」

また違《ちが》うところから声が飛んでくる。今度はまど兄だ。本当に、ここではひそひそ話なんてできない。誰《だれ》かとしゃべっていると、それを聞いた誰《だれ》かが躊躇《ちゅうちょ》なく会話に入ってくるのだから。

「まど兄、森に行かなかったんだ？」

僕《ぼく》が訊《き》くと、休憩《きゅうけい》せんとな、とまど兄は腰《こし》を叩《たた》く仕草をした。たしかに、朝からずっとかまどを作っていたのだった。この人も若《わか》そうに見えるけれど、腰《こし》を大事にしないといけないくらいには大人なのだ。

「無理すんなや、おっさんなんだから」

僕《ぼく》と同じようなことを思ったのだろうけれど、銀河《ぎんが》は口が悪い。うっさいわ、とまど兄は笑って返す。

「ほんまに、物語を書いてみたらどうや。お前、小説好きやろ？　夜によく読んでるもんな」

「無理、無理」

なにを言い出すのかと、僕《ぼく》は首を横に大きく振《ふ》った。

「好きな話を繰《く》り返《かえ》し読んでるだけだよ」

「ええやないか」

「ただ好きなだけで、物語なんて書けないでしょう」

「好きこそものの上手なれや。どんな文豪《ぶんごう》かって、最初は読書するだけの人やったんやろ。誰《だれ》かが書いた本のファンで、自分も書いてみたいって思って書きはじめる。そんなもんやろ。興味《きょうみ》はないんか？」

「ないことはないけど」

「だったら、書くしかないじゃん」

僕《ぼく》とまど兄のやりとりを聞いて、イズミが煽《あお》る。

「文章を書くのが好きなのはたしかに……好きなことをして生きていけるならいいなって

……でもさ、これって怠《なま》け者《もの》の発想じゃん」

「俺《おれ》も料理が好きだから、その道とか考えないこともないよ。それって怠《なま》け者《もの》の発想になるの？」

銀河《ぎんが》が訊《き》くと、まっとうな発想やで、とまど兄は即答《そくとう》した。

「誰《だれ》も嫌《いや》なことをして生きていきたいなんて思わん。そやろ。それに好きなことをして生きていくのは、必ずしも楽な道ではないんやで。ただ同じ苦労でも、好きなことなら乗り越《こ》えて続けていけるもんや。俺《おれ》やって、好きでこんな東京の端《はし》っこの森の中で、毎日子どもたちとしっちゃかめっちゃかやってるんやで。好きやなかったら、すぐに逃《に》げだしてるやろ」

まど兄は大きく口を開けて笑った。

「ねえ、まど兄。作家になるためには、学歴《がくれき》は必要？」

「学歴《がくれき》？」

「行きたい高校なんてないし、べつに高校じゃなくてもいいのかもって思ってたけど、作家になるには高校を卒業しておいたほうがいいなら、目標っていうか、頑張《がんば》れるかなと思ったりして」

「作家に学歴《がくれき》は関係ないやろ。必要なんは経験《けいけん》なんちゃうか。人を描《えが》くためには人を知らんとな。いろんな場所でいろんな人に出会うことが大事や。そういう意味では、高校がどういう場所なんか知っておくに越《こ》したことはない」

「だったら、この寮《りょう》生活だっていい経験《けいけん》ってことじゃん」

銀河《ぎんが》の指摘《してき》に、そうやで、とまど兄はうなずいた。

「『スタンド・バイ・ミー』って作品を知らんか。それも著者《ちょしゃ》であるスティーヴン・キングが少年時代に友達と過《す》ごしたひと夏を描《えが》いた物語でな、名作なんや。映画《えいが》にもなってるしな」

「お母さんの本棚《ほんだな》にあったような気がする。スタンドバイミーって、わたしのそばにいて、ってことだよね？　誰《だれ》にそばにいてほしいんだろう。やっぱ、友達ってことかな？」

イズミの問いかけに、まど兄は腕組《うでぐ》みをして思案するように首を傾《かし》げた。

「そうやな、大人になった作家が子ども時代の日々《ひび》を振《ふ》り返った物語やから、その友達にそばにいてほしいってことなんか……あるいは、自分は大人になって、どんどん老《お》いていくわけで、それでも『あの頃《ころ》』の思い出とか記憶《きおく》とか、忘《わす》れずにいたいってことなんかもしれへんな」

「思い出とか記憶《きおく》？」

僕《ぼく》が聞き返すと、まど兄は伏《ふ》し目《め》がちにうなずいた。

「その主人公と同い年くらいの君らには、まだピンと来んかもしれんな。この先のどこかで、過去《かこ》を振《ふ》り返《かえ》った時にようやくわかると思うわ」

たしかに、今の僕《ぼく》にはわかるようでわからなかった。大人になった時に『あの頃《ころ》』をともに過《す》ごした友達に、そばにいてほしい、というのはわかる。だけど、思い出とか記憶《きおく》とかにそばにいてほしいというのは、まど兄いわく、忘《わす》れずにいたいってことなんだろうけれど、自分が忘《わす》れたくなければ、忘《わす》れないものではないのか。そう思うけれど、大人になると、忘《わす》れたくなくても、忘《わす》れてしまうものなのだろうか。

だとしたら、大人になることは少し寂《さび》しい。

実際《じっさい》のところ、この世界は刻々《こっこく》と進んでいて、僕《ぼく》もたぶん、刻々《こっこく》と大人に近づいている。

そんな実感はないけれど、そういうことなのだ。

ここに住みはじめた頃《ころ》は同じ年頃《としごろ》の子たちとの共同生活が新鮮《しんせん》で、寝《ね》る瞬間《しゅんかん》まで誰《だれ》かと一緒《いっしょ》にいたけれど、最近では、みんな一人の時間をもつようになった。この間まで新入りのような気分だったのに、今では最高学年で、まとめ役という立場だ。森に春の陽光がさす頃《ころ》には、ここを卒業しなくてはならない。

「俺《おれ》もさ、卒業のことを考えるようになったよ。あと何回ここでご飯を食べるのか、数えていないけれど、どの食事も、みんなを幸せにするものでありたいなって。怒《おこ》っていてもいらついていても、ご飯を食べたら気がすんで、ケロッとして笑えている、そういう料理を作っていきたい」

手をきれいに洗《あら》いながら、銀河《ぎんが》は言った。

「それって、料理の道ってこと？　進路、決めたのか？」

銀河《ぎんが》の後に、僕《ぼく》も手を洗《あら》う。

「わからん。ママンに、高校は卒業したほうがいいって言われてる。全然勉強してないから、全日制《ぜんにちせい》なんて無理っぽいし、通信制《つうしんせい》とかなのかな。薫《かおる》は？　最近、けっこう勉強してんじゃん」

「銀河《ぎんが》よりかはしてるけど、受験生とはいえないレベルだろ。イズミみたいに、勉強そのものが好きなやつって得《とく》だよな」

「でも、目指すところも高そうだから、それはそれでしんどそうだけど」

そう言って、銀河《ぎんが》がつけるエプロンに目を引かれた。

「あれ？　新しいやつ？」

「ママンから送られてきた」

「手作り？」

デニムっぽい布《ぬの》の胸元《むなもと》に『GINGA』と刺繍《ししゅう》されているのを指さすと、銀河《ぎんが》は苦笑まじりに頭をかいた。

「こういうの、喜《よろこ》ぶような年齢《ねんれい》じゃないって言ってんだけど……さあ、ピザ作るぞ。前にも作ったことがあったけど、覚えて……？」

「ないに決まってる」

「だよな」

銀河《ぎんが》は説明しながら作業をはじめた。

基本的《きほんてき》なものは簡単《かんたん》なんだよ。強力粉《きょうりきこ》、砂糖《さとう》、塩、ドライイーストをボウルに入れて、ドライイーストを目掛《めが》けてぬるま湯を注ぐ。こうするとイースト菌《きん》がうまく発酵《はっこう》するんだ。ドライイーストと塩は少し離《はな》して置くのもポイントだ。ダマにならないようにヘラでよく混《ま》ぜたら、そこにオリーブオイルを投入。ある程度混《ていどま》ざったら、まな板の上に取り出して、今度は手でよくこねる。ここでのコツは手の腹《はら》を擦《す》りつけるようにして、力強く。こうすることで弾力《だんりょく》のある、モチッとした生地になるから。なめらかになったら、自分の拳《こぶし》ほどの大きさに分けて、ボウルに入れる。それぞれラップをして十五分ほど休ませると勝手に発酵《はっこう》してふくらむ。

僕《ぼく》は言われるままに手を動かした。もちもちとした生地をこねていると、粘土《ねんど》で遊んだ頃《ころ》のことを思い出す。

僕《ぼく》が幼稚園児《ようちえんじ》みたいに生地をこねている間に、銀河《ぎんが》はトッピングを作る。

「トマト缶《かん》を鍋《なべ》に入れて、冷凍《れいとう》してある刻《きざ》みニンニクと塩を入れて煮詰《につ》める。ソースは以上」

慣《な》れているから、手を動かすのが早い。こいつ、本当にシェフになればいいのに。

ふくらんでふっくらつるんとした生地を、今度は麺棒《めんぼう》で広げる。そこにトマトソースを塗《ぬ》って、常備《じょうび》しているとろけるナチュラルチーズをまぶす。台所の窓際《まどぎわ》で越冬《えっとう》させているハーブのプランターからバジルを数枚《まい》取って、ちぎってのせる。

「すごーい！　今夜はピザなの？　献立表《こんだてひょう》ではポトフの予定だけど」

台所に入ってきたまいまいが、作業台に何枚《まい》も並《なら》んだピザ生地を見て歓声《かんせい》をあげた。

「ポトフも作るけど、せっかくかまどができたならピザを焼こうってことになって。あっ、強力粉《きょうりきこ》はけっこう使ったけど、それ以外はたいした材料は使ってないから」

「たくさん作ったね。何枚《まい》あるの？」

「六枚《まい》」

僕《ぼく》が答えた。

「でも、あのかまどだとさ、二枚《まい》ずつしか焼けな……」

嬉々《きき》として話していた銀河《ぎんが》が、急に話すのを止めた。うん？　不思議に思って、銀河《ぎんが》の視線《しせん》の先をたどる。でも、とくに気になるものはなかった。

「銀河《ぎんが》、どうした？」

「……あれ、なに」

そう言って、正面を指差した。そこには大きくふくらんだ黄色のゴミ袋《ぶくろ》が二つ。

「なに？」

まいまいも首を傾《かし》げて銀河《ぎんが》を見ていた。

「黄色の……」

「ああ、黄色の袋《ふくろ》？　白菜だって。橋の近くにあるパン屋のおじさんがくださったんだけど……これがどうした？」

まいまいがそう言いながらそちらに向かって黄色のゴミ袋《ぶくろ》を手に取ると、

「や、やめて！」

銀河《ぎんが》がはじかれたように叫《さけ》んだ。

「ちょっと、銀河《ぎんが》、どうしたの？」

「来んな！　来んな！」

上ずった声で叫《さけ》んで、銀河《ぎんが》はしゃがんで身を縮《ちぢ》こまらせた。いったいなにが起こったのかわからなくて、僕《ぼく》はおどおどしながら、銀河《ぎんが》の隣《となり》にしゃがんだ。なにか小声で繰《く》り返《かえ》している。死にたくない、死にたくない、死にたくない。銀河《ぎんが》がそう繰《く》り返《かえ》しているのだとわかって、ぞっとした。

「おい、銀河《ぎんが》！　しっかりしろ」

「ゴミが来る！　ゴミが来る！」

「銀河《ぎんが》、大丈夫《だいじょうぶ》だから、大丈夫《だいじょうぶ》だから」

まいまいは駆《か》け寄《よ》って銀河《ぎんが》を抱《だ》きしめようとしたが、銀河《ぎんが》は力強く払《はら》いのけた。大きく腕《うで》を振《ふ》った反動でしりもちをついた銀河《ぎんが》は、台所の床《ゆか》に寝転《ねころ》がったまま何度も叫《さけ》んだ。なにかのボタンを押《お》されて誤作動《ごさどう》を起こしている、そんな感じだった。さっきまで普通《ふつう》にピザを作っていたのに、なにが起こったのか。脳《のう》をやられたのか。まいまいは何度も銀河《ぎんが》を抱《だ》きしめようとして、そのたびに振《ふ》り払《はら》われて、二人で格闘技《かくとうぎ》をしているみたいだった。

僕《ぼく》は呆然《ぼうぜん》としていたが、我《われ》に返ってまいまいに加勢《かせい》した。

「銀河《ぎんが》！　落ち着け！」

だけど、信じられない力で銀河《ぎんが》が抵抗《ていこう》した。意味のない言葉を叫《さけ》びながら振《ふ》り払《はら》った手が、僕《ぼく》の顔を強く叩《たた》いた。いってーな！　あまりの痛《いた》さに本気でムカついて、僕《ぼく》はさらに力を込《こ》めた。

「ちょっと！　どうしたの！」

声を聞きつけたイズミが来た。

「銀河《ぎんが》を落ち着かせろ！」

僕《ぼく》は叫《さけ》んだ。

「銀河《ぎんが》？」

意味がわからないという感じだったが、イズミは暴《あば》れる銀河《ぎんが》の肩《かた》あたりを押《お》さえつけた。

「ゴミが来る！　ゴミが！」

いったい何分くらい格闘《かくとう》したのかわからない。まいまいとイズミと三人がかりで鎮静《ちんせい》させた。銀河《ぎんが》がおとなしくなったのは、暴《あば》れすぎて疲弊《ひへい》したのか、意識《いしき》を失ったからだった。

銀河《ぎんが》を和室に運んで横たわらせた。

「いったいなにがあったの？」

イズミの問いかけに、僕《ぼく》は首を傾《かし》げるしかなかった。

「わかんないけど、急に叫《さけ》びだしたんだ。それまでピザ作ってたのに」

まいまいが銀河《ぎんが》のお母さんに電話をかけていた。なにを話しているのかまでは聞こえなかった。三十分ほど経《た》った頃《ころ》、銀河《ぎんが》は意識《いしき》を取《と》り戻《もど》した。

「銀河《ぎんが》、銀河《ぎんが》」

まぶしそうに目をしょぼしょぼとさせる顔に、僕《ぼく》は呼《よ》びかけた。

「起きた？」

イズミも銀河《ぎんが》の顔をのぞき込《こ》んだ。

「大丈夫《だいじょうぶ》？」

「覚えてるか？」

銀河《ぎんが》はなにかを思い出そうとするように、うつむきながら黙《だま》っていた。

「銀河《ぎんが》、起きた？」

電話を終えたのか、まいまいが部屋に入ってきた。

「俺《おれ》……そうだ、黄色のゴミ袋《ぶくろ》が……」

「銀河《ぎんが》、いいから。今はなにも思い出そうとしないでいいから。さっき、お母さんとも電話でお話ししたよ。心配されていたから、後でまたかけようね。お母さんの声も聞きたいでしょう」

まいまいの言葉に、銀河《ぎんが》は一つうなずいた。

「思い出した、黄色のゴミ袋《ぶくろ》が……」

「薫《かおる》、イズミ、ちょっと向こうに行ってもらってもいい？」

まいまいに言われて、僕《ぼく》とイズミは隣《となり》の部屋に移《うつ》る。まいまいは普段《ふだん》は開けっぱなしにしている襖《ふすま》を閉《し》めた。

数分してから、まいまいだけがこちらに出てきた。

「銀河《ぎんが》……どう？」

イズミが訊《き》くと、まいまいは落ち着いた表情《ひょうじょう》でうなずいた。

「近所で通報《つうほう》があったんだって。子どもがアパートの部屋に閉《と》じ込《こ》められてるって」

誰《だれ》もいない広縁《ひろえん》に移《うつ》ると、まいまいは話しはじめた。幼《おさな》い頃《ころ》の銀河《ぎんが》の話だった。

「それで児童相談所に引き取られることになって、その後にいまのあの子のご両親が里親として引き取ってくれたようなの。通報《つうほう》された時に住んでいた場所のことは、銀河《ぎんが》ははっきりとは思い出せないって言っていたんだけど、今日黄色いゴミ袋《ぶくろ》を見て、記憶《きおく》がフラッシュバックしたんだと思う」

「フラッシュバック？」

僕《ぼく》は訊《き》き返した。

「封印《ふういん》していたトラウマになるような記憶《きおく》が、なにかをきっかけに蘇《よみがえ》ることだよね」

イズミの答えに、そうね、とまいまいはうなずいた。

「これは銀河《ぎんが》のいまのご両親から教えてもらった話なんだけど、あの子が保護《ほご》された時、ゴミだらけの部屋にいたんだって。そこでじつの母親と二人で暮《く》らしていたようだけど、お母さんはいないことが多くて、銀河《ぎんが》は一人閉《と》じ込《こ》められていたって。玄関《げんかん》のドアもベランダも鍵《かぎ》が閉《し》まっているから、三歳《さい》の銀河《ぎんが》は開けることもできなかったのよ。玄関《げんかん》のドアを泣きながら叩《たた》いていたら、同じマンションの住人が気づいて、それで通報《つうほう》されたようなの」

銀河《ぎんが》に、そんな過去《かこ》があったことに驚《おどろ》くと同時に、胸《むね》が痛《いた》んだ。銀河《ぎんが》が夢を見ると言っていた『あの部屋』は、銀河《ぎんが》が一人閉《と》じ込《こ》められていた場所で、やはり夢ではなかったのだ。

「銀河《ぎんが》が、あなたたち二人には話してくれって。自分で言うのはちょっときついから、あたしから言ってほしいって。あなたたちには知ってもらいたいんだと思う」

僕《ぼく》たちはまた銀河《ぎんが》のもとへ戻《もど》った。

「聞いた？」

僕《ぼく》とイズミを見て、銀河《ぎんが》が訊《き》く。僕《ぼく》とイズミは無言でうなずいた。

「今日さ、まど兄が言ってたじゃん、『スタンド・バイ・ミー』ってタイトル、どういう意味なのかって。友達にそばにいてほしいってことなのか、それか、大人になっても『あの頃《ころ》』のことを覚えておきたいってことなのか。それ聞いた時に、その気持ち、ちょっとわからなかったんだ。俺《おれ》にとって過去って思い出したくないものだったから」

「そっか……」

僕《ぼく》は短く相槌《あいづち》を打った。

「銀河《ぎんが》、無理しないでよ」

イズミが言った。

「大丈夫《だいじょうぶ》だ……うん、もう、大丈夫《だいじょうぶ》」

「だから、それが無理してる」

「だとしても、俺《おれ》がそうしたいんだから、大丈夫《だいじょうぶ》なんだよ」

銀河《ぎんが》はそう言ってから、ふいに視線《しせん》を横に動かした。その視線《しせん》をたどるように僕《ぼく》もそちらを見たら、大部屋から小学生たちがこちらをのぞいていた。

「銀河《ぎんが》、具合どう？」

「よくなった？」

心配そうに、小学生たちが言う。

「困《こま》り顔《がお》がそろいぶみね」

まいまいは笑った。

「おい、美味《うま》いピザ作るんじゃなかったのかよ」

小学生たちの後ろから寛太《かんた》が顔を出した。

「そうだ！」

寛太《かんた》の言葉を聞いて、銀河《ぎんが》は布団《ふとん》から飛び出した。

「おいおい」

手で制《せい》した僕《ぼく》を、銀河《ぎんが》は笑顔で払《はら》いのけて立ち上がる。

「美味《うま》いピザ焼くんだった！」

外に出てみると、すっかり日が暮《く》れていた。元気そうな銀河《ぎんが》を見てほっとしたのか、小学生たちはどうしたの、なんで倒《たお》れたの、と訊《き》いていて、なんでもねーよ、と銀河《ぎんが》は適当《てきとう》に返していた。

土間《どま》の戸が開け放たれていて、冷気が流れ込《こ》んでくる。その向こうの闇《やみ》の中に、かまどで燃《も》える火があかあかと揺《ゆ》れていた。


かまどで焼いたピザはもちもちして香《こう》ばしくて、たまに焦《こ》げたところもカリカリしておいしかった。氷点下に近いほどの寒さの中、せっかくだから外で食べたいということになって、ジャンパーを着てマフラーを首に巻《ま》いて食べた。それでも寒くてたまらなかったけれど、お腹《なか》がいっぱいになると少し体が温まって、食べ終わった後に少しだけ庭でだるまさんが転んだをした。いまだにここでの生活は修学《しゅうがく》旅行みたいだと思う。

ピザを焼くのに時間がかかったのもあって、食べ終えて片付《かたづ》けるのも遅《おそ》くなり、あわただしく順番にお風呂《ふろ》に入った。いつもと変わらない銀河《ぎんが》の様子を見ながら、ほっとしつつも、どこかで心配は拭《ぬぐ》えなかった。

「イズミ」

お風呂《ふろ》から上がって勉強部屋に行こうとするイズミを呼《よ》び止めた。

「うん?」

「あのさ、銀河《ぎんが》、大丈夫《だいじょうぶ》だと思う?」

僕《ぼく》はごく小さい声で訊《き》くと、どうなのかな、とイズミは首を傾《かし》げた。

「思い出した瞬間《しゅんかん》は混乱《こんらん》してあんなふうになっちゃったけど、わたしたちに話せたことで、楽になったんじゃないかな。ほら、斉藤《さいとう》さんの法則《ほうそく》だよ。話すのは、離《はな》すなんだってこと」

「あっ、そうだったな」

イズミの言葉を聞いて、僕《ぼく》の中のもやもやしたものが少し晴れた。

それでもやっぱり、眠《ねむ》る前に銀河《ぎんが》に訊《き》いた。

「銀河《ぎんが》、大丈夫《だいじょうぶ》か?」

二段《だん》ベッドの梯子《はしご》に片足《かたあし》をかけて、銀河《ぎんが》は下の段《だん》に座《すわ》っていた僕《ぼく》を見下ろすようにしてちょっと笑ってみせた。

「心配されすぎると困《こま》るけど、でもまあ、ありがとう。俺《おれ》にとって過去《かこ》のことって、思い出したいものじゃないっていうか、いつもどこかで、思い出しちゃうことを怖《こわ》がってたんだよ。だから、こうして全部出てきて、スッキリしたところがあるくらい」

「だったらよかった。イズミも、たぶんそうじゃないかって言ってた」

「あいつすごいな。なんでもわかるんだな。それに、さっきふと思ったんだけど、俺《おれ》にとっての過去《かこ》って、封印《ふういん》していた時間だけじゃないんだってこと。それに気づいた。今の家に引き取られてから、けっこう幸せな毎日だったわけだし、ここでの生活も楽しいし。あとになって、十四歳《さい》の時を思い出したら、俺《おれ》もなつかしく思ったりするかもな」

「思うに決まってるだろ」

僕《ぼく》がその目をまっすぐ見ると、銀河《ぎんが》ははにかんだ。

*

「じゃあ、寛太《かんた》。元気でな」

「いつでも遊びに来いや。もちろん、戻《もど》ってきてもええからな」

ばんちゃんとまど兄にそう言われて、寛太《かんた》は照《て》れ臭《くさ》そうに笑う。

「戻《もど》ってこねーよ。遊びには来るかもだけど」

「ほんと、いつでも待っているから」

まいまいに頭を撫《な》でられて、寛太《かんた》の耳が真っ赤に染《そ》まった。赤くなってんじゃん、と誰《だれ》かが言うので、寛太《かんた》は今度は顔まで真っ赤にして口をひん曲がらせた。

「達者でな」

「がんばれよ」

銀河《ぎんが》とイズミが言った。

「元気でな」

僕《ぼく》も言った。

おう、と寛太《かんた》は短く言う。大きなリュックを背負《せお》うと、迎《むか》えにきた家族のほうへとまいまいと一緒《いっしょ》に歩いていく。外に出る時にこちらを一度だけ振《ふ》り返《かえ》ると、いかにも面倒《めんどう》くさそうに片手《かたて》を上げた。寛太《かんた》らしい去り際《ぎわ》だった。

「みんなも忘《わす》れ物《もの》ないようにな。スマホとか充電器《じゅうでんき》とか、もちろん勉強道具とか、ないと困《こま》るものってあるだろう。忘《わす》れてないかチェックして」

一階の和室や台所や土間《どま》を行ったり来たりしながら、ばんちゃんはみんなに声をかける。そうしているうちにも、誰《だれ》かの家族が迎《むか》えに来て、少しずつみんながいなくなる。

体のどこかに隙間《すきま》ができて風が通り抜《ぬ》けるように、少し心許《こころもと》ない。そんな気分をごまかすように、僕《ぼく》はリュックの中をもう一度チェックした。

「イズミ、お迎《むか》えだよ」

「あーい」

銀河《ぎんが》のそばで単語帳を開こうとしてたイズミだったが、呼《よ》ばれて立ち上がり、小さなスーツケースのハンドルを持ち上げた。こいつの荷物の半分はテキストと問題集なのだろう。

「じゃあな」

僕《ぼく》が片手《かたて》を上げると、イズミも同じように片手《かたて》を上げた。

「メリークリスマス？　それともよいお年を？」

「どっちでもいいんじゃん」

銀河《ぎんが》は寝転《ねころ》がったまま答えた。

「やっぱ、『よいお年を』だよね。なんか、いい言葉だもんね」

「どのあたりがいいの？」

「お祈《いの》り感があるじゃん。よいお年を迎《むか》えられますように、みたいな」

「どうでもいいわ」

「いや、どうでもよくないでしょ」

しょうもないことで言い争っているイズミと銀河《ぎんが》をながめながら、僕《ぼく》は一人で寂《さび》しくなる。二週間ほどでここに戻《もど》ってくるのに。僕《ぼく》らは別れ際《ぎわ》に慣《な》れていない。ここでずっと一緒《いっしょ》にいるから、バイバイ、と言い慣《な》れていないのだ。だから、妙《みょう》に照《て》れ臭《くさ》くて、寂《さび》しさを顔には出せない。きっとこの二人も似《に》たような気持ちなのだろう。

玄関《げんかん》のほうを見ると、イズミの父親がイズミを微笑《ほほえ》ましげな目で見つめていた。

「あれだろ、お前のお父さん」

僕《ぼく》はイズミの腕《うで》をつついた。

「そうだよ。新しいほうのね」

イズミが言った。

「優《やさ》しそうだし、悪くないじゃん」

銀河《ぎんが》が言った。

「誰《だれ》も悪いなんて言ってない。むしろいい人、文句《もんく》のつけようないくらい。じゃあね……あっ」

「うん？　どうした？」

なにかを思い出したようなイズミに、僕《ぼく》は訊《き》いた。イズミは黙《だま》ったまま、だけどなにか言いたげに口を尖《とが》らせていた。

「どうした？」

銀河《ぎんが》も訊《き》くと、あのさ……とイズミは口を開いた。

「わたしは、スタンドバイユーって言いたいって思った」

イズミの言葉を聞いて、僕《ぼく》と銀河《ぎんが》は顔を見合わせる。

「なにが？」

銀河《ぎんが》が訊《き》いた。

「だから、スタンドバイミーが、友達にそばにいてほしいって意味じゃん。わたしは、あんたたちのそばにいてやるから。この寮《りょう》を出た世界が敵《てき》ばっかりで銀河《ぎんが》と薫《かおる》が叩《たた》かれまくって炎上《えんじょう》したとしても、わたしはそばにいてやるよ」

「なんの炎上《えんじょう》だよ」

斜《なな》め上の発言をされて、僕《ぼく》は思わずふきだしたが、そういうことか！　と銀河《ぎんが》は嬉《うれ》しそうに言った。

「俺《おれ》もそうだな。スタンドバイユーだわ、お前らのそばにずっといる。ぜってえ俺《おれ》のこと忘《わす》れさせないから」

「ってことで。だから、銀河《ぎんが》はもう怖《こわ》がることないし、薫《かおる》もあんたらしくやっていけばいいんだよ」

そう言い切ると、イズミは足早に歩きだす。父親のところに駆《か》け寄《よ》っていくと、こちらを振《ふ》り返《かえ》って、笑顔で片手《かたて》を上げた。

「なんだ、あいつ」

銀河《ぎんが》は嬉《うれ》しそうだった。僕《ぼく》だって、顔がにやけそうだったからリュックを背負《せお》った。

「じゃ、そろそろ行くわ」

「あれ？　迎《むか》えに来た？」

「一人で帰る。バス、もうすぐ来るから」

「そうなんだ？」

僕《ぼく》が行きかけた時、女の人が外から土間《どま》に駆《か》け込《こ》んできた。

「遅《おそ》くなってすみません、お世話になっております、杜田銀河《とだぎんが》の母です」

近くにいたばんちゃんを捕《つか》まえてそう言っているのが聞こえた。

「あっ、ママン」

「銀河《ぎんが》、お迎《むか》え来てくれたぞ」

ばんちゃんがこちらに声を掛《か》けた。銀河《ぎんが》のお母さんは銀河《ぎんが》の顔を見つけると、銀ちゃん！　銀ちゃん！　と手を挙げ、その手を大きく振《ふ》った。まるで出待ちしていて推《お》しが姿《すがた》を現《あらわ》した時のようなテンションの高さだ。しかもオレンジのモコモコしたコートに明るいグリーンのマフラーを巻《ま》いていて、なんだか人参みたい。

ここではいつ誰《だれ》でもここでの生活を見学できるが、授業参観《じゅぎょうさんかん》的な行事もないし、普通《ふつう》の学校ならありそうな張《は》り切《き》った展示会《てんじかい》や音楽会や学芸会とかもないので、あまり他の生徒の親を見る機会がないから、銀河《ぎんが》の親を見るのもはじめてだった。

「銀ちゃん、遅《おそ》くなっちゃってごめん！　むっちゃんが道間違《まちが》えちゃってさ」

「何回来てんだよ。それに、駅からほぼ一本道じゃん」

「そう思うでしょ？　それが謎《なぞ》のトラップにはまっちゃって、焦《あせ》った」

「なんだよ、謎《なぞ》のトラップって。パパンは？」

「車の中で待ってる……あっ、もしや薫《かおる》くん？」

銀河《ぎんが》の隣《となり》に突《つ》っ立っていた僕《ぼく》に、銀河《ぎんが》のお母さんがようやく気づく。

「ああ、そうです」

「いつも仲良くしてくれてるみたいでありがとうね。イズミちゃんは？」

「もう帰った」

「あっ、やば、バスが来る。それじゃあ」

のんびりしていたせいでバスが来る時間が迫《せま》っていることに気づく。一時間に一本しか来ないから、これに乗りそびれると面倒《めんどう》だ。

「バスで駅まで？　だったら、うちの車に乗っていかない？」

銀河《ぎんが》のお母さんが言って、そうじゃん、と銀河《ぎんが》もうなずいた。

「そうしろよ。そのほうが駅にも早く着くんじゃね」

「いや、でも」

申《もう》し訳《わけ》ないので断《ことわ》ったほうがいいと思いつつも、今から坂を走ってバス停《てい》に向かうよりも、ずっと楽できる道を提案《ていあん》されたら心誘《さそ》われる。

「いいよ、いいよ。じゃあ、駐車場《ちゅうしゃじょう》に行こう」

銀河《ぎんが》のお母さんにそう言われ、それじゃあ、と僕《ぼく》はあっさりとなびいた。土間《どま》にいたまいまいとばんちゃんに簡単《かんたん》にバイバイして、外に出てかまどの手入れをしていたまど兄にも声をかけて、僕《ぼく》たちは坂を上がって駐車場《ちゅうしゃじょう》に向かう。

銀河《ぎんが》のお父さんはグレーの車の運転席から出てくると、銀河《ぎんが》だけを見つめながら両腕《りょううで》を広げた。

「銀河《ぎんが》！　またでかくなったな！」

「そりゃそうでしょう、成長期なんだから」

銀河《ぎんが》のお父さんは銀河《ぎんが》をハグして、背《せ》の高さを確《たし》かめるように銀河《ぎんが》の頭に手をやったりする。

「元気だったか？」

「元気だってば……あっ、薫《かおる》も駅まで乗っていくから」

「おお、きみが薫《かおる》くん！　お噂《うわさ》はかねがね」

「すみません、急に乗せていただくことになって」

「いいよ、もちろんだよ！」

ははは、と両手を腰《こし》に当てて笑う。セーターにジーンズ、のっぺりとした顔に眼鏡《めがね》といういたってどこにでもいそうな人なのに、動作が大きいせいか、日本を長く離《はな》れていてノリが変わっている人のように見えた。

「お前のお父さん、帰国子女？」

後部座席《ざせき》に乗《の》り込《こ》んで、僕《ぼく》はこっそり銀河《ぎんが》に訊《き》いた。

「熊本出身、熊本育ちだけど？」

「それじゃあ、薫《かおる》くんは駅までね」

運転席の銀河《ぎんが》のお父さんとバックミラー越《ご》しに目が合う。僕《ぼく》がうなずくと、車はゆるやかに発進した。

「ねえ、昨日はクリスマスパーティーだったんだよね。楽しかった？」

「まあ、楽しかったよ」

「薫《かおる》くんは？」

「はい、楽しかったです」

助手席から銀河《ぎんが》のお母さんが話しかける。

「銀ちゃんがコックさんでしょ？　なに作ったの？」

「コックじゃねぇし。えっと、マカロニグラタンとローストチキンと、フライドポテトと、バーニャカウダ風サラダ」

「ちょっと、なにそれ、おしゃれなサラダ！　いつのまにバーニャカウダなんて覚えたの？」

「バーなんとかって、なんだっけ？」

銀河《ぎんが》のお父さんが訊《き》く。

「野菜スティックにニンニクとアンチョビのソースをつけて食べるやつ。ばんちゃんに教わったんだ。パパン、いつも食べてるじゃん、テツさんの店で」

「あ、バーニャ！　ロウソクで温めたソースな」

バーニャカウダをバーニャって略《りゃく》すのってダサいなと思って、僕《ぼく》はこっそり笑った。二人は笑わせようなんて思っていないのだろうけど、そばで聞いていて笑えてしまう。

「なんていうか、銀河《ぎんが》の両親って……」

僕《ぼく》は銀河《ぎんが》の耳に近づけて小声で言う。

「バカみたいにテンション高いだろ」

銀河《ぎんが》はなにが言いたいかをすべてわかったように、そう言った。

「で、いい人だな」

「俺《おれ》の言うことをなんでも聞いちゃうから、家を出なくちゃって思った、その気持ちがわかるっしょ」

「いいんじゃねえの」

僕《ぼく》はそう返した。

封印《ふういん》していた過去《かこ》を持った銀河《ぎんが》が、この二人のもとに導《みちび》かれたのなら、きっと神様っているんだなと思った。だけど銀河《ぎんが》にしても、きっとただただ、この二人に甘《あま》やかされるがままではいられなかったのだろう。たとえば呑気《のんき》で平和なこの人たちがやさしくしてくれるのは、親に捨《す》てられた自分への同情《どうじょう》のように思えたことだって、あったのかもしれない。だからといって、こんなにもまっすぐなやさしさを、突《つ》っぱねることは難《むずか》しいだろう。とにかく離《はな》れてみたかったという銀河《ぎんが》の気持ちが、なんとなく理解《りかい》できた。それと同時に、もういいんじゃないかと思う。

この人たちはたぶん、銀河《ぎんが》にやさしくしたくてたまらないんだから、甘《あま》やかされるだけ甘《あま》やかされればいいいんだ。

「銀ちゃん、お昼なに食べたい？　ちょっと調べてみたら、ここから三十分くらいのところにオムライスが美味《おい》しいお店があるんだって、インスタでバズってんの」

「なにが食べたいって訊《き》いておきながら、もう決まっててんじゃん」

銀河《ぎんが》のツッコミに、銀河《ぎんが》のお母さんは手を叩《たた》いて笑う。

「ほんとに美味《おい》しそうなんだよ！　見てみる？　薫《かおる》くんも、よかったら一緒《いっしょ》にどう？」

「いや、僕《ぼく》は大丈夫《だいじょうぶ》です。たぶん、家で用意してくれているので」

「そっか、だよね。早くおうちに帰りたいよね」

「バズるくらいだから、けっこう並《なら》ぶんだろ？　入れるの？」

運転しながら、銀河《ぎんが》のお父さんが訊《き》いた。

「今から向かったら十一時すぎには着くでしょう。開店が十二時だから、並《なら》んだら入れるんじゃない？」

「銀河《ぎんが》、いいのか？　お前、こういう時だいたいラーメン希望だろ？」

「ラーメンもいいけど、せっかくだしオムライスでいいけど」

「やだ、銀ちゃん。せっかくだし、なんて。ちょっとそんな大人っぽいことを言えるようになっちゃったの？」

「それくらいフツーに言うし」

まるでコントでもしているような三人の会話に、僕《ぼく》はたまりかねて声を出して笑ってしまった。そんな僕《ぼく》を見て、三人も一緒《いっしょ》になって笑った。

誰《だれ》でも人知れない気持ちを抱《かか》えているものだから、安易《あんい》に人をうらやむものじゃないんだって、最近思うようになった。でもやっぱり、この三人のやりとりを聞いていると、うらやましいと思う。銀河《ぎんが》って、幸せもんじゃん。

「なあ、ブログって年内はもう更新《こうしん》しないの？」

森から抜《ぬ》けて住宅街《じゅうたくがい》の道に出たあたりで、銀河《ぎんが》が訊《き》いた。ここまで来ると、駅はもうすぐだ。

「たぶんする、年末あたり」

「一年の締《し》めくくり的なやつな。楽しみにしてるわ」

「締《し》めくくれって言われると、なんか、ハードル高いな」

駅前のロータリーに入り、車は停車《ていしゃ》した。

「送っていただいて、ありがとうございました」

「いいのよ、通り道だもの。気をつけてね」

銀河《ぎんが》のお母さんが言う。運転席で、銀河《ぎんが》のお父さんが軽く手を上げるので、僕《ぼく》は会釈《えしゃく》で返した。

「じゃあな、また来年」

「メリークリスマスとよいお年を」

その車がロータリーを出ていくまで見送って、僕《ぼく》は駅の構内《こうない》へ向かった。

タイミングよく電車にすぐに乗れて、一時間ほどで家に着いた。

セアの家の前には『売物件《うりぶっけん》』と赤い字で書かれた看板《かんばん》がつけられていた。

「ただいま」

「おう、おかえり」

ドアを開けると、姉が玄関《げんかん》入ってすぐにある階段《かいだん》に座《すわ》ってスマホを見ていた。校則がゆるい中学からエスカレーターで高校生になった姉は、髪《かみ》が透《す》け感のあるグレーになっていた。

「なにその髪《かみ》の色」

「いいっしょ?」

「いいね。宇宙人《うちゅうじん》ぽくて」

僕《ぼく》の言葉に、はあ?　と感じ悪く聞き返したが、すぐに笑顔になった。

「あんたは、見るたびにでかくなるね」

「薫《かおる》、帰ってきた？　おかえりー」

「ただいま」

「お腹減《なかへ》ったでしょ？　ほら、手を洗《あら》ってきて」

菜箸《さいばし》とボウルを持って、台所から母が廊下《ろうか》に出てきた。

僕《ぼく》はリュックを階段《かいだん》の下に置いて洗面台《せんめんだい》に行く。手洗《てあら》いとうがいをしていると、階段《かいだん》を下りてくる大きな足音がして、誰《だれ》かがこちらに来たと思って振《ふ》り返《かえ》ったら父親だった。

「ああ、帰ってきたのか」

「うん」

「電車は混《こ》んでたか？」

「べつに」

「そっか」

「疲《つか》れたか」

「いや、べつに」

「お前、べつにばっかりだな」

そう言って、父は少しだけ笑うようにした。

でも、それ以上会話が続かない。僕《ぼく》が手を拭《ふ》き終えて外に出ると、父は中に入った。僕《ぼく》は置いたリュックを持って階段《かいだん》を上がり、自分の部屋に入る。

たった数か月ぶりでも、懐《なつ》かしいと思う。窓《まど》を開けると、隣《となり》の家の窓《まど》は暗く閉《と》ざされたままだ。

だけど、心は揺《ゆ》れなかった。もう受け入れることができていた。

「薫《かおる》、ご飯食べましょう。海老《えび》の天ぷら揚《あ》げたよ。天丼《てんどん》にしたから」

「今行く」

階下にいる母に答えてから、僕《ぼく》は窓《まど》を閉《し》めた。

僕《ぼく》が逃《に》げた家は、戻《もど》ってみると、そんなに居心地《いごこち》が悪くなさそうだった。なにか大きく現実《げんじつ》が変わったわけじゃない。僕《ぼく》も含《ふく》めて、少しずつみんなが変わって微《び》調整《ちょうせい》されている。そんなふうに感じられた。

揚《あ》げ物《もの》の匂《にお》いが空腹《くうふく》を刺激《しげき》し、胃《い》が嘆《なげ》くように鳴る。閉《し》めた窓《まど》に、自分の顔が映《うつ》った。思いのほか伸《の》びすぎている前髪《まえがみ》を手で払《はら》うと、なにか言いたげな僕《ぼく》がいた。

【東京村ツリースクールの日々《ひび》ブログ】


こんにちは。ブログ担当《たんとう》のK《ケー》です。

大晦日《おおみそか》だから、これを書いている僕《ぼく》は帰省中で、両親と姉が住む家にいます。

さっき一瞬《いっしゅん》だけ、雪っぽいものがちらついていました。寒いです。

さて、寮《りょう》のことも森のことも書けないから、今の僕《ぼく》のことを書こうと思います。

僕《ぼく》は、家の部屋でこれを書いています。いつもは寮《りょう》のパソコンを使っているけど、スマホです。

知らないうちにあまりバトルをしなくなっていた母と姉は、原宿《はらじゅく》に行くと言って出かけていて、やけに静かです。

父は家にいて、さっき玄関《げんかん》で靴《くつ》を磨《みが》いていました。トイレに行くのに通りかかった僕《ぼく》に「ついでに磨《みが》いてほしいものがあったら磨《みが》くぞ」と言ってきました。

磨《みが》いてほしいものって、なんのこと？　と意味がわからなくて困《こま》っていると「革《かわ》の靴《くつ》とか鞄《かばん》とか、あったら」と父は真面目《まじめ》な顔で言いました。

ない、と僕《ぼく》は言い返しました。本当にないからです。

父は納得《なっとく》したようで、また作業をはじめました。

僕《ぼく》は革《かわ》の靴《くつ》も鞄《かばん》も持っていません。靴《くつ》はスニーカーだし、鞄《かばん》はたいていリュック。

父は僕《ぼく》が革《かわ》の靴《くつ》を履《は》いたり、革《かわ》の鞄《かばん》を持ったりしていると思っていることが、衝撃《しょうげき》でした。

『ツリースクール』ではスニーカーよりも、サンダルやマリンシューズでいることが多いくらいなんです。革《かわ》の靴《くつ》なんて、あまりにも遠く、不必要な存在《そんざい》なわけです。

僕《ぼく》の日々《ひび》を知っていれば、「ついでに磨《みが》いてほしいものがあったら磨《みが》くぞ」なんて訊《き》いてこないはずなんです。

どれだけ僕《ぼく》のことを知らないんだよ、って思いました。

でも、父を責《せ》めるのはかわいそうなのかもしれません。普段《ふだん》、一緒《いっしょ》に暮《く》らしていないんだからしょうがない。同じように、僕《ぼく》も父の当たり前を知らないのですから。

ところで、せっかくだから、どうして僕《ぼく》がツリースクールに入ったのか、少しだけ書いてみようと思います。（これを読んでくれている人で、ここに入ろうか検討《けんとう》している人もいますよね？）

僕《ぼく》は不登校になって家に引きこもっていました。こんなことをしていてもどうしようもないとわかっていたけれど、けっこう僕的《ぼくてき》にヘビーないろんなことがあって、学校に行きたくなかった。でも、家にもいたくなかった。

そんな時に、母が集めてきたフリースクールのパンフレットの中に、寮《りょう》のあるフリースクールを見つけたんです。そうです、それがツリースクールでした。

普通《ふつう》に学校に通えない僕《ぼく》を、父は理解《りかい》できないようで、フリースクールというものにも前向きではなく、母ともよく言い合いになっていました。それでも僕《ぼく》が、ここなら入ってみたいと言ったから、引きこもりから脱《だっ》せられそうだったから、最終的に父はツリースクールに入ることを許《ゆる》してくれました。

そういう経緯《けいい》があったから、父が今の僕《ぼく》の生活にさほど興味《きょうみ》がないのはしょうがないことなのです。

僕《ぼく》が家を出て寮《りょう》に入って、一年半が経《た》ちました。

久《ひさ》しぶりに帰ってきた家は、記憶《きおく》にある場所よりも、悪いところではないな、というのが今の僕《ぼく》の素直《すなお》な気持ち。

寮《りょう》に入る直前には、僕《ぼく》と父はおたがいに拒否《きょひ》しあっていて、できるだけ顔を合わせないようにすらしていたことを思えば、なんとなく、おたがいにそんなに嫌《いや》じゃなくなっている感じがします。

ちょっと意味不明だったけど、革《かわ》の靴《くつ》とか鞄《かばん》を磨《みが》いてやると言ってくれるなんて、父にしてみればだいぶ歩《あゆ》み寄《よ》ってくれているのでしょう。

「ない」と短く返しただけの僕《ぼく》だけど、内心ではけっこう嬉《うれ》しかった。

どういう環境《かんきょう》が合うのかはそれぞれ違《ちが》うと思うけど、僕《ぼく》には、森の中にあるこのツリースクールが合っているんだろうなと思うこの頃《ごろ》。

学校に通えなかった時には、潜《もぐ》り込《こ》んだベッドの中で、ずっと自分を否定《ひてい》し続けていたように思います。みんなができることができない自分なんて、生きている価値《かち》がないとさえ思っていました。

だけど、いまの僕《ぼく》は言いたい。

べつに、学校じゃなくてもいい。もちろん普通《ふつう》に楽しく通えたらいいに決まっているけれど、一年半前の僕《ぼく》みたいに、自分を否定《ひてい》し続けるくらいなら、そうしないですむ場所を探《さが》したほうがいい。

そこで居場所《いばしょ》を見つけたらいい。


いまの僕《ぼく》は、自分を肯定《こうてい》できるようになりました。

明日、首都直下型地震《がたじしん》や富士山《ふじさん》の噴火《ふんか》がおこるかもしれないし、世界で大きな戦争があるかもしれないし、そんな大規模《だいきぼ》なものじゃなくても、運悪く飲酒運転の車に突《つ》っ込《こ》まれることもあるかもしれないし、歩きスマホで人にぶつかって線路に落ちてしまうことだってあるかもしれない、そういう不確《ふたし》かな日々《ひび》だけど、それでも、僕《ぼく》は生きたいと思う。

夢《ゆめ》もできました。将来《しょうらい》ニュージーランドにトゥアタラというオオトカゲを見つけに行く。

大事な友達からもらった夢《ゆめ》だから、なんとしても叶《かな》えなくてはならない。

そのためにも、生きていく。


高く、高く、伸《の》びようとしなくてもいいのだと、教えてくれた人がいます。

それよりもしっかりと根を張《は》って、どんな嵐《あらし》がきたって踏《ふ》ん張《ば》れるようになることが大事なんだと。

森にいろんな木があるように、いろんな子がいて、みんなが違《ちが》っていて、それがいいんだと。

まもなく、今年が終わります。

来年の三月にはこのツリースクールを卒業するけど、それまではできるだけこまめに更《こう》新《しん》したい。

それが来年の抱負《ほうふ》です。

みなさん、よいお年を。

エピローグ

照明が怖《こわ》いくらいにまぶしかった。すくみそうになる足に力を入れ、僕《ぼく》はこの日のために練習したスピーチを話すことに集中しようとした。

『スタンド・バイ・ミー』を読んだのは、高校に入ってすぐだったと思います。その半年前に、先生に読んでみたらと勧《すす》められていて、書店で本を探《さが》していた時にたまたま見つけて、読んでみようかなって。その先生がいるところが、今回賞《しょう》をいただいたエッセイの舞台《ぶたい》です。森にある寮《りょう》つきのフリースクールですごした時間はかけがえのない日々《ひび》で、その時のことを書いて、こんな大きな舞台《ぶたい》に立たせていただけたことに感動しています。

エッセイにも書いていますが、タイトルにした『スタンド・バイ・ユー』は、二人の友達が言ったセリフでした。この寮《りょう》を出た世界が敵《てき》ばっかりで、僕《ぼく》たちが炎上《えんじょう》したとしても、わたしはそばにいてやる。俺《おれ》のことを絶対《ぜったい》に忘《わす》れさせない。そんなふうに、彼《かれ》らは言いました」

ちょっと噛《か》んだ。緊張《きんちょう》しすぎだろう。呼吸《こきゅう》が浅くなって、僕《ぼく》はいったんそこで言葉を止める。

光の向こうの景色に、一瞬《いっしゅん》目を凝《こ》らした。都内の大きなホテルの会場には、どういう立場の人たちなのかはわからないけれど、ちゃんとした服装《ふくそう》をした大人たちが三、四十名いて、舞台《ぶたい》に立つ僕《ぼく》を見ていた。

「せっかくこんな素晴《すば》らしい賞《しょう》をいただいたので、これからも文章を書き続けていきたいと思います。ありがとうございました」

頭を下げた僕《ぼく》に、たくさんの拍手《はくしゅ》が向けられた。

「氷川《ひかわ》さん、もう少し楯《たて》を上に持っていただけますか」

カメラマンの男性《だんせい》に言われて、僕《ぼく》は手に持っていた楯《たて》を胸元《むなもと》まで上げた。

「みなさん、笑顔でお願いします」

そう言われて、受賞者《じゅしょうしゃ》たちがクスクスッと笑う。僕《ぼく》もつられるように笑って、そのまま笑みを維持《いじ》した。

着慣《な》れないスーツ姿《すがた》で自然に微笑《ほほえ》むことなんてできなくて、どうしても作った笑みになっていそうな気がするが、まあ、しょうがない。

『第一三回　未来エッセイ大賞《たいしょう》』

という横断幕《おうだんまく》の前で受賞者《じゅしょうしゃ》たちが並《なら》んでの写真撮影《さつえい》。

大賞《たいしょう》をとった僕《ぼく》が真ん中で、佳作《かさく》の二人に挟《はさ》まれた立ち位置だ。佳作《かさく》の二人はどちらも女子で、同じ高校生なのに、なぜか撮《と》られ慣《な》れている感じがする。立ち方がモデルっぽいし、一人の子なんて、撮影《さつえい》の前にメイクを直してもいいですか、と言っていた。


この賞《しょう》を見つけたのはたまただった。

僕《ぼく》は通信制《つうしんせい》の高校に進むことになり、寮《りょう》を出て、家に戻《もど》った。セアの家族が住んでいた隣《となり》の家には、新しい一家が引《ひ》っ越《こ》してきた。僕《ぼく》の部屋の窓《まど》から見える隣《となり》の家の窓《まど》からは、かわいい女の子の笑い声が聞こえてきた。二年近くも離《はな》れて暮《く》らしていたせいか、時間薬というのか、セアがいない静けさに怯《おび》えることもなかった。

あっけないくらい穏《おだ》やかな日常《にちじょう》がはじまり、それなりに充実《じゅうじつ》しているけれどなにか物足りなかった。『東京村ツリースクール』での毎日を思い出していた。

あそこでのことを書きたい。それは自然に生まれた気持ちだった。最初は私《し》小説《しょうせつ》として書こうと思ったけれど、書けば書くほど、実際《じっさい》にあったあの日々《ひび》のことが書きたくなって、エッセイになった。

誰《だれ》に向けたものでもなく、記録みたいなものだったが、ネットの広告《こうこく》でこの賞《しょう》の存在《そんざい》を知った。文字数もちょうどよかったし、ダメモトで応募《おうぼ》してみたら大賞《たいしょう》に選ばれた。

自分が選ばれるくらいだからしょぼいのかと思ったら、応募総数《おうぼそうすう》は五百を超《こ》えていて、しかも大賞《たいしょう》と佳作《かさく》を合わせて本にしてもらえるという。中高生向けの新聞から取材なんかされて、人生が思わぬ方向に動きだしているようで心拍数《しんぱくすう》が上がってしまう。

個人情報《こじんじょうほう》なので名前を変えているけれど、読む人が読めば、エッセイに登場する人物が特定できるわけで、中に出てくる人物には全員の確認《かくにん》を取った。何人かからは拒否《きょひ》されるかと思ったが、誰《だれ》もが快諾《かいだく》してくれた。

とくにメインで登場するイズミと銀河《ぎんが》は、おおいに喜《よろこ》んでくれた。

——わたしが主人公じゃないってところが難点《なんてん》だけど、薫《かおる》の書いたエッセイなんだからしょうがないもんね。

と、イズミ。

そのとおり、僕《ぼく》のエッセイなんだから、僕《ぼく》が主人公に決まっているだろう。

──賞金《しょうきん》はもちろん山分けでな！

と、銀河《ぎんが》。

山分けしたいところだけど、お金じゃなくて図書カードらしくて、銀河《ぎんが》はそれでもほしがるか？

「おつかれさま！　スピーチ、なかなかかっこよかったわよ」

式が終わって舞台《ぶたい》から下りると、母が駆《か》け寄《よ》ってきた。

「疲《つか》れた……」

もらった大きな花束を母に渡《わた》す。

「そうよね。じゃ、帰りましょうか」

来なくてもいいというのに、母は出席すると言ってきかなかったのだ。この日のために新しい服まで買って、僕《ぼく》よりもやる気満々《まんまん》だ。珍《めずら》しく父も来たがったが、そちらは阻止《そし》できた。高校三年にもなって両親が付《つ》き添《そ》いなんてダサすぎる。

ホテルの地下にある駐車場《ちゅうしゃじょう》に停《と》めていた車の助手席に乗って、すぐにネクタイを緩《ゆる》めた。

外に出ると、まだ太陽は高い。

エッセイは書き終えた。授賞式《じゅしょうしき》も終わった。それでも現実《げんじつ》はこうして続いていく。

「なんで、今日なんだろうな」

偶然《ぐうぜん》のことに運命めいた気持ちを抱《いだ》くと、それは必然のことのように思える。そもそもこの世界には偶然《ぐうぜん》なんてない。すべては必然だという文章を、最近なにかの記事で目にしたけれど、それを証明《しょうめい》する術《すべ》なんて、いまの僕《ぼく》にはそなわっていない。

だから、ずっと考えてしまうんだ。

「なにが、今日なんだろうって？」

心の中で言ったつもりが、口からもれていたらしい。

「えっなにが」

「さっき、言ったでしょう」

「べつに？」

「あっそう」

車はゆっくりと右折して、なじみのある道に入った。

「家に着くまでに花屋に寄《よ》ってほしいんだけど」

「どうして？　お花なら大きいのをもらったじゃないの」

「自分で買いたいんだ」

「ああ、自分で自分をお祝いしたい、みたいな」

母は言った。まったく見当違《けんとうちが》いだったが、面倒《めんどう》なので否定《ひてい》しないでおいた。

商店街にある花屋の前で、車が停《と》まった。

「お金はあるの？」

「財布《さいふ》持ってきてる」

「長く路駐《ろちゅう》できないから、なるべく早くしてよね」

母の声を聞き終える前にドアを閉《し》めて、店に入った。

「いらっしゃいませ。どのようなお花をお探《さが》しですか」

この服装《ふくそう》のせいなのか、買う気の客とみなされたようで店員さんが駆《か》け寄《よ》ってきた。

「えっと……とくに」

「お色のご希望はありますか？　今日入ってきた、こちらのオレンジのバラなんていかがですか」

へえ、きれいだな。そんな高くないし、いいかも。でも花なんてあまり買ったことがないから、すぐに決めきれずにいると、お客さんが入ってきて、その店員に注文しはじめた。

接客《せっきゃく》の邪魔《じゃま》にならないように端《はし》によると、壁《かべ》に貼《は》られたポスターが目に留《と》まる。

『バラを贈《おく》ってみませんか』

1本　あなたしかいない
2本　この世界で二人だけ
3本　愛しています
4本　死ぬまで気持ちは変わらない
5本　あなたに出会えて本当に嬉《うれ》しい
6本　あなたに夢中《むちゅう》
7本　片思《かたおも》い
8本　あなたに感謝《かんしゃ》しています
9本　いつもそばにいてほしい
10本　あなたは完璧《かんぺき》な人

「すみません、途中《とちゅう》になってしまい、お待たせいたしました」

店員さんが戻《もど》ってきた。

「オレンジのバラを九本ください」

僕《ぼく》はどちらかというと現実主義者《げんじつしゅぎしゃ》だと思っていたけれど、目に見えない存在《そんざい》からのメッセージのように思えてならなかった。そんなことを言ったら、授賞式《じゅしょうしき》が今日という日であることもそうだ。

五年前の今日、セアはこの世界から消えたということ。そこに関連性《かんれんせい》なんてない。世の中にはただの偶然《ぐうぜん》が星の数ほどある。冷静にそうわかっているつもりなのに、なにか意味を持たせたがっている自分がいる。

自宅《じたく》に着いて着なれないスーツを脱《ぬ》ぎ捨《す》てて、いつものトレーナーとハーフパンツに着替《きが》えると、九本のオレンジのバラの束《たば》を持って家を出る。

自転車を門から出していると、隣《となり》の家のドアが開いた。まだ歩くのもあぶなっかしい女の子の手を引いた母親が、こちらに気づいて頭を下げてくれるので、僕《ぼく》も会釈《えしゃく》した。

女の子が歩くたびに、プープーと音が鳴る。

僕《ぼく》はサドルにまたがって、ペダルを踏《ふ》み込《こ》んだ。

そこは家から自転車で五分もしないところにあった。セアの事故《じこ》の翌日《よくじつ》に駆《か》けつけた、あの時がここに来た最後だ。道の脇《わき》に自転車を停めて、僕《ぼく》は土手に上がった。どんなに夕《ゆう》暮れ時《どき》の川がきらきらしていても、五年という歳月《さいげつ》が薄《うす》めたものがあったとしても、拭《ぬぐ》いきれない記憶《きおく》があった。

でも、この川もあの森に続いているんだ。そう思ったら、重苦しい液体《えきたい》が胃《い》に流《なが》れ込《こ》んだような感覚が、ふわっと軽くなった。

イズミ、銀河《ぎんが》。

あの森で笑う、なつかしい人たちの顔が思《おも》い浮《う》かんだ。

卒業式の朝、三人で斉藤《さいとう》さんの家に行った。斉藤《さいとう》さんの家には『貸物件《かしぶっけん》』の札《ふだ》が吊《つ》るされていて、中に入ることはできないけれど、なんとなく挨拶《あいさつ》に行こうということになったのだ。

以前は斉藤《さいとう》さんが生活していた家なのに、そこにはなにも、本当になにもなくて、空《から》っぽだった。そんなわけだから斉藤《さいとう》さんに挨拶《あいさつ》といっても、なんだか無意味な感じがして、三人でしばらくだんまりと、ぼんやりと、主人のいないもぬけの殻《から》をながめていたが、ふいにイズミがなにか大事なことを思い出したように、あっ！ と叫《さけ》んだ。

そして、いきなり門の中へと駆《か》け込《こ》んでいった。走るのが苦手と知っているから、駆《か》けていく姿《すがた》にびっくりした。

不法侵入《ふほうしんにゅう》になっちゃうし、まずいって、と僕《ぼく》と銀河《ぎんが》は言いながら、でも気になってイズミを追いかけた。

イズミは母家《おもや》の裏側《うらがわ》にまわり、畑のほうへ向かった。枯《か》れた雑草《ざっそう》が点在《てんざい》しているだけになった畑もまた、人の気配のない空き地の様相を呈《てい》していたが、イズミはかまうことなく進んでいった。たしかな目的があるような足取りで、ついに立ち止まったのは、畑の端《はし》っこに植えられた低い木の前だった。

一見なんの木なのかわからないそれを、イズミはしゃがみ込《こ》んで、なにかを探《さが》すようにして見はじめる。その様子を見て、ああ、と僕《ぼく》は思い出した。銀河《ぎんが》も同じような表情《ひょうじょう》になる。三人でしゃがんだ。

——やっぱりいた！　ほら、見て！

イズミがこちらに顔を向けた。宝物《たからもの》を見つけたみたいに、目を爛々《らんらん》とさせて。

イズミが指さす先……そこにはアゲハチョウがいた。よく見ると、蝶《ちょう》の下のほうに蛹《さなぎ》の抜《ぬ》け殻《がら》があった。つまり、羽化《うか》したばかりのようだった。

そんな場面に立ち会うのは初めてだったから、僕《ぼく》らは普通《ふつう》に感動し、それぞれ感嘆《かんたん》の声をあげた。

——この蝶《ちょう》、斉藤《さいとう》さんだよ。

イズミは言って、首からさげていたものをひっぱりだした。斉藤《さいとう》さんからもらった玉ハビルだった。

——俺《おれ》たちに会いに来てくれたんだ。

——ぜったいそうだ！

その瞬間《しゅんかん》だった。蝶《ちょう》が羽を広げて飛んだ。本当に、僕《ぼく》たちが来たのを見届《みとど》けたかのようなタイミングだった。

イズミがなぜ、ここに蝶《ちょう》がいると思ったのか、どうしてその蝶《ちょう》を斉藤《さいとう》さんだと思ったのかは、わからなかった。

にもかかわらず、妙《みょう》に腑《ふ》に落ちた。きっとそうなんだろう。

たしかにその蝶《ちょう》に背中《せなか》を押《お》してもらったのだ……僕《ぼく》と、イズミも銀河《ぎんが》も。

——さあ、ここから飛び立っていくんよ。

あの時、そんな声が聞こえた気がしたのだった。

第一志望《しぼう》だった私立《しりつ》の高校に入ったイズミは、相変わらず勉強が好きなようで、今は医学部を目指して頑張《がんば》っているらしい。日本にはまだ少ない脚《あし》の専門医《せんもんい》になりたいと言っていた。どういう経緯《けいい》があったのかわからないけれど、実の父親と二人で暮《く》らしているとも言っていた。でも休みの日には母親に呼《よ》ばれて、弟の相手をさせられるとぼやいている。

調理師《ちょうりし》になると専門《せんもん》学校に通っていた銀河《ぎんが》は、そこを卒業してオムライスが評判《ひょうばん》で大行列を作る人気の洋食店で働きはじめた。仕事がない日には、自分がいた養護施設《ようごしせつ》へ食事を作りに行ったりもしているようだ。いつか自分の店を持つのが夢《ゆめ》らしい。人気店にして、子どもがふらっと一人で来たら無料で食べさせてあげる、こども食堂《しょくどう》みたいなこともしたいのだと、照れくさそうに語ってくれたことがあった。

僕《ぼく》が入った高校の授業《じゅぎょう》は、ほとんどがオンラインで受けられるけれど、キャンパスがあるものだからたまに通うようにしていたら友達ができて、そうするとたのしくなって、僕《ぼく》はほとんど毎日通学するようになった。

気づいたらもう十八歳《さい》だ。

身長が一七〇センチを超《こ》えたけれど、森にいた時の自分よりも大人に近づいたのかと訊《き》かれると、さあ、と首を傾《かし》げてしまう。なにも変わっていないんじゃないか。だって、いまだに僕《ぼく》の明日は、ぼんやりしているのだから。

ただ、一歩を踏《ふ》み出《だ》せばいいのだと知っている。なにひとつ確《たし》かなことなんてない。明日がかならずあるとも限《かぎ》らない。だけど、信じて一歩を踏《ふ》み出《だ》す。

一歩、一歩、一歩。

進んでいく。

今日とつながっている明日に向かって、歩いていく。

そんなに、怖《こわ》くない。大丈夫《だいじょうぶ》だ。そう思えるのだから、身長が伸《の》びたほどに、僕《ぼく》の中のなにかが大人になったのかもしれない。

「あら、きれいなバラね」

いきなり声がして驚《おどろ》くと、小柄《こがら》なおばあさんがそばにいた。スキーでもするような杖《つえ》を両手に持っている。河川敷《かせんしき》ではこういう道具を持って大股《おおまた》で歩いている人をよく見かける。

「プレゼントかしら、いいわね」

そう言うとおばあさんは、杖《つえ》を持った両手を頬《ほお》に当てるような仕草をして、スタスタと行ってしまう。色っぽいことだと勘違《かんちが》いされたのだろう。小さくふきだしたら、少し肩《かた》の力が抜《ぬ》けた。

セア、そして森ですごしたみんな。

いつまでも、僕《ぼく》のそばにいてほしい。

いまの僕《ぼく》にも、そして刻々《こっこく》と年をとって、いろんなことが遠いことに思えるくらい大人になった僕《ぼく》のそばにも。

できれば記憶《きおく》のまま、幼《おさな》い僕《ぼく》ときみたちのままで。

僕《ぼく》もずっとそばにいる。

傾《かたむ》きはじめた淡《あわ》いオレンジの光が、川面を照らし、吹《ふ》き抜《ぬ》ける風に乗るように光の粒《つぶ》が舞《ま》う。背後《はいご》から笑い声が近づいてきたと思ったら、小学生ほどの男子二人が追いかけっこするようにし、僕《ぼく》を追い越《こ》していく。

はしゃぎ合うその姿《すがた》を眺《なが》めながら、僕《ぼく》は抱《かか》えていたバラを少し顔に近づけた。甘《あま》やかさと青っぽい匂《にお》いが、混《ま》じり合っていた。まるで、いまの僕《ぼく》の気持ちそのもののように。

あとがき

こんにちは。筆者の、尾崎英子です。いきなりですが、小学生のわたしは学校がさほど好きではありませんでした。給食が苦手でたまらなかった。冷えたクリームソースにゴムみたいに硬《かた》い鶏肉《とりにく》、銀色の器の匂《にお》い。いまでもはっきりと思い出せるほど。

当時はまだ、給食は残さずに食べなくてはならないという方針《ほうしん》で、給食後の掃除《そうじ》の時間になっても食べ終えないから、机《つくえ》で残って食べたものです。給食を好きになれない自分って、ダメな子なんだと思って、情《なさ》けなくて、恥《は》ずかしかった。

中学、高校時代は友人たちに恵《めぐ》まれて楽しく過《す》ごすことができました。それでも人間関係などで悩《なや》むことはあって、言葉一つでたやすく傷《きず》ついて、悶々《もんもん》として、やり返すように誰《だれ》かを傷《きず》つけるようなことを言ったのはいいけれど自己嫌悪《じこけんお》に陥《おちい》って、また悶々《もんもん》とする。

つらいことばかりではなく、お腹《なか》を抱《かか》えて笑い転げるようなこともたくさんありました。いろんな気持ちの時に、いろんな音楽を聴《き》きました。四十なかばをすぎた今でも、その時に聴《き》いた音楽を耳にすると、時間が遡《さかのぼ》ってその頃《ころ》に戻《もど》ったように感じられて、不思議なものです。

つまり、何が言いたいかというと、一生かけて忘《わす》れないほどのつらいことも楽しいことも経験《けいけん》する、そんな時間帯に、いまこの物語を手に取ってくれているあなたは、いるのかなと想像《そうぞう》しています。

『学校に行けない僕《ぼく》の学校』というタイトルに興味《きょうみ》を持ってもらえたのなら、あなたも学校に通えていないのかもしれない。また、学校に居場所《いばしょ》がないと感じているのかもしれない。全然そんなことはなくて、森が舞台《ぶたい》ということで面白そうだったからとか、表紙の絵がかわいかったから、という理由の人もいることでしょうか。いずれにしても、十代の方が多いのかなと思います。

ところでなぜ、舞台《ぶたい》を森にしたのかと言うと、わたし自身、森が好きだから。また、学校の教室に行きたくなくて不登校になっている子たちが多いとも聞いて、どこにあるなら行きたくなるかなと考えた時に、森が思い浮《う》かびました。

人の手があまり加えられていない自然の中では、不自由なことがたくさんあります。だけど、そこには数えきれないほどの色があり、光と影《かげ》に彩《いろど》られています。風がさまざまな匂《にお》いを運んで、土や草や川……触《ふ》れたらそれぞれまったく違《ちが》う感触《かんしょく》が皮膚《ひふ》に伝わってくる。

整えられた環境《かんきょう》の中で鈍《にぶ》ってしまった五感が、森の中ではむくむくと目を覚まします。そういう場所でこそ、人間が人間らしくいられるのではないかな。子供《こども》が子供《こども》らしさを取り戻《もど》せるのではないかな。森を舞台《ぶたい》にしました。

そしてなぜ、この物語を描《えが》こうと思ったのかというと、学校に通えなくなっても、全然かまわないいんだよ、と言いたかったからです。

場所に自分を合わせられないのなら、自分に合った場所を見つければいい。家から出て、違《ちが》う世界を見てみようという勇気さえ持てたら、たった一人でも気の合う友達を見つけられたら、そこがあなたの居場所《いばしょ》になるはず。

不登校のことだけじゃない。うまく行かなくて、つまずいてしまうこともあるだろうけれど、人生ってそんなものだから大丈夫《だいじょうぶ》。つまずいたら、起き上がり方を覚えればいいし、たくさんつまずいたほうが、起きるのが上手になる！

薫《かおる》とイズミと銀河《ぎんが》が、それぞれに合った道を見つけたように。

最後まで読んでくれたあなたに、心から感謝《かんしゃ》いたします。

この本を手に取ってくれてありがとうございました。

本書を執筆《しっぴつ》するにあたり、『いもいも』が運営《うんえい》する『森の教室』を取材させていただき、とくに井本陽久先生、土屋敦先生のお話を参考にさせていただきましたこと、深く感謝《かんしゃ》申し上げます。

また、この物語はフィクションで、すべて著者《ちょしゃ》の責任《せきにん》に帰することをお断《ことわ》りしておきます。

尾崎英子（おざきえいこ）
1978年、大阪府生まれ。早稲田大学教育学部国語国文科卒。2013年「小さいおじさん」（文庫化時に『私たちの願いは、いつも。』に改題）で第15回ボイルドエッグズ新人賞を受賞しデビュー。他の著書に『ホテルメドゥーサ』『有村家のその日まで』『竜になれ、馬になれ』『たこせんと蜻蛉玉』などがあり、中学受験の6年生たちを描いた『きみの鐘が鳴る』が、第40回うつのみやこども賞を受賞。

teens' best selections 67
学校に行かない僕の学校
発行　2024年５月　第１刷
　　　2024年11月　第２刷

作　尾崎英子
発行者　加藤裕樹
編集　門田奈穂子
発行所　株式会社ポプラ社
〒141-8210　東京都品川区西五反田3-5-8
JR目黒MARCビル12階
ホームページ　www.poplar.co.jp
印刷・製本　中央精版印刷株式会社

ISBN978-4-591-18173-7　N.D.C.913　279p　20cm

この本は、本文書体にユニバーサルデザインフォントを使用しています。

P8001067